AF146836

Für Gudrun

Ditmar Hinz

Lebensliebe

Vier Erzählungen

Bibliografische Information der Deutschen Nationalbibliothek:
Die Deutsche Nationalbibliothek verzeichnet diese Publikation in der Deutschen Nationalbibliografie; detaillierte bibliografische Daten sind im Internet über http://dnb.dnb.de abrufbar.

© *2016 Ditmar Hinz*

Herstellung und Verlag: BoD – Books on Demand, Norderstedt

ISBN: 978-3-7431-3765-3

Inhalt

Alfried und Hildegund   7

Unser Pastor   23

Stärker als die Zeit   30

Nacht der Offenbarung   75

Alfried und Hildegund

„Die Liebe höret nimmer auf." So beginnt Hildegund die Traueranzeige für ihren Alfried nach über einundvierzig Ehejahren. Auf Alfried und Hildegund trifft das Hohelied der Liebe aus dem 1. Brief des Paulus an die Korinther im Neuen Testament zu: „Die Liebe höret nimmer auf, so doch die Weissagungen aufhören werden und die Sprachen aufhören werden und die Erkenntnis aufhören wird." So geschehen im Krieg neunzehnhundertfünfundvierzig in der Provinz Ostpreußen des Deutschen Reiches. Vor ihrem fünften Hochzeitstag im Januar beginnt das Elend der Flucht und Vertreibung. „Nun aber bleiben", nach Paulus laut Lutherbibel, „Glaube, Hoffnung, Liebe, diese drei; aber die Liebe ist die größte unter ihnen."

Am 27. Januar 1940 haben der kaufmännische Angestellte und die Verkäuferin vor dem Standesamt IV in Königsberg (Pr) die Ehe geschlossen. Die Eheleute sind an diesem Tag durch Pfarrer Segschneider in der Königin-Luise-Gedächtniskirche der ostpreußischen Hauptstadt kirchlich getraut worden. Der Trauspruch ist Psalm 84.6: „Wohl den Menschen, die dich für ihre Stärke halten und von Herzen dir nachwandeln."

In dem neuromanischen Gotteshaus tritt ein stattliches Paar vor den Altar, Hildegund ganz in Weiß in einem knöchellangen Seidenkleid aus Tüll und Taft. Der Klöppelspitzenschleier, über der Stirn gekräuselt, schmückt die gewellte Haartracht, den Rückenteil des

Kleides und endet in einer langen Schleppe. Ein langstieliger, buschiger weißer Fliederstrauß im rechten Arm umweht ihr strahlendes Lächeln. Es gilt ihrem Alfried, dessen Arm sie leicht drückt. Er gibt es ihr verhalten zurück. Seinen feierlichen Ernst durch den Frack lockert auch das Weiß der Myrte auf dem Revers und der Fliege im Stehkragen auf. Weiß umrahmt sind beide vollends, als Hildegund die Schleierschleppe vor ihnen ausbreitet.

Unter den steinernen Rundbögen hallt der Gesang des Kirchenchores von der Empore:

Was Gott zusammenfügt,
das soll der Mensch nicht scheiden,
drum gehen wir dahin in Gottes Fried und Freuden.
Der unsre Namen schreibt ins Buch des Lebens ein,
er selbst, Herr Zebaoth,
wird Schild und Lohn uns sein.

Und die Gemeinde stimmt das Lied an:

Geschlossen ist nun unser Bund
vor deinem Angesicht;
wir stehn zu dir mit Herz und Mund:
Verlass uns, Vater, nicht.

Die gerührten Mütter weinen, die ergriffenen Väter schauen betreten, und die frommen Tanten geben sich dem Gottesdienst hin. Kleine Zuschauerschar am Westeingang unter dem Christusrelief und danach vor der Haustür im Stadtteil Hufen. Ein letztes Mal erscheint das herrliche Bild des wohlgestalteten, hoheitsvollen Brautpaares den drei schwärmerischen jugendlichen Nachbarinnen vor der mit Grün eingerahmten Tür der kleinen Wohnung der Brauteltern.

Bis zum Jawort waren zwei Jahre vergangen. Alfried war nach seiner aktiven Militärdienstpflicht in seiner alten Firma Geschäftsführer geworden. Während der Tischzeit aß er mit Vorliebe Kuchen und kaufte sich in dem kleinen Laden am Steindamm süße Sahne. Dort ließ er sich immer von der Verkäuferin Hildegund bedienen. Und sie war hingerissen von dem ansehnlichen Krawattenträger. Die schlanke Brünette schwebte eines Tages in modischem Aufzug mit kleinem randlosem Hut, auf hochhackigen Pumps in seine große Haushalts- und Eisenwarenhandlung. Der Geschäftsführer persönlich fragte nach ihren Wünschen und war von Hildegund wie geblendet. Die Lehrjungen pfiffen ihr hinterher und schwärmten von ihrem „Fahrgestell".

Königsberg, die Stadt der Liebe, der Musik, der Händler und Seeleute, der Studenten und Künstler aus den nordischen Ländern war über Radio und Grammofon erfüllt von den Liedern des Sängers Rudi Schuricke. Der Königsberger Drogist, in Brandenburg an der Havel geboren, wurde mit den Kardosch-Sängern und mit seinem Schuricke-Terzett ein Star.

Wenn ein junger Mann kommt,
der fühlt, worauf es ankommt,
weiß er, was er tut.

Genauso war es bei Alfried. Verabredungen mit Blumen, Schwermer Pralinen, Karten für die Alhambra-Lichtspiele: „Eine Frau wie Du" mit Rudi Schuricke.

*Wenn ein Mädchen keinen Mann hat,
das auch Sehnsucht dann und wann hat ...*

Die Sehnsucht wurde bald gestillt. Ein unzertrennliches Paar nach Ladenschluss und an den Wochenenden. Er lauschte den Konzerten ihres Kirchenchores. Sie zitterte für seinen Sieg im Basketballturnier. Die Boxwettkämpfe in der KdF-Halle (Kraft durch Freude) besuchte sie nur ihm zuliebe. Das vergalt er ihr mit Aufführungen in der Oper und im Neuen Schauspielhaus, wo Hildegunds Schwester manchmal als Statistin mitspielte. Ganz schwindlig wurde der anschmiegsamen Beifahrerin auf seinem Motorrad der Marke NSU (Motorenwerke Neckarsulm). Als er sie in sein Heimatdorf am Stadtrand einführte, spürte sie die eifersüchtigen Blicke der Dorfschönen. Am liebsten für sich allein hatte Alfried seine Hilla im dahingleitenden Boot auf dem Schlossteich in eine Bucht unter still sich senkenden Zweigen ...

Und bei Unterhaltungsmusik der Kapelle Erich Börschel auf der Terrasse des Cafés Schwermer am Schlossteich zog das mächtige Schloss im Hintergrund die Blicke in seinen Bann. Man sprach von drei Köstlichkeiten, welche die Gäste des Schwermer in sich aufnahmen: das köstliche Königsberger Marzipan mit dem Mund, die köstliche Musik mit den Ohren und den köstlichen Blick auf den Schlossteich mit den Augen. Auch die Tanzlokale „Ruckpauls Franz" in der Villa Fridericia gegenüber dem Tiergarten und „Drachenfels" in der Hufenallee wurden nicht ausgelassen. Hingebungsvoll tanzten sie nach dem Operettenwalzer aus der „Csardasfürstin":

Machen wir's den Schwalben nach,
bau'n wir uns ein Nest.
Bist du lieb und bist du brav,
halt zu dir ich fest.

Die Liebenden suchen die Zweisamkeit beim Schwimmen in der Ostsee und auf ihren Fahrrädern im Park Luisenwahl.

Nach Spalierstehen für den hohen Besuch aus der Reichshauptstadt stand ihnen nicht der Sinn. Die trinkfreudigen jungen Dörfler konnten Alfried mit seinem „Gardemaß" an Körpergröße nicht für die SA (Sturmabteilung der Nationalsozialisten) begeistern und auch nicht gewaltsam zum Eintritt zwingen …

Zu Beginn des Krieges wird Alfried noch nicht einberufen. Nach Hochzeit und Geburt des Sohnes Alfred kann die junge Familie in eine Villa des Obstbauern seines Dorfes einziehen. Dort sind die Zuzügler herzlich willkommen, denn Alfrieds Geschäft hält alles für die ländlichen Kunden bereit, vom Angelhaken über Backofen bis zur Pflugschar. Alfried und Hildegund schmieden an ihrem Familienglück. Hildegund gibt ihre berufliche Arbeit auf und erwartet das zweite Wunschkind. Sie will Geigenunterricht bei der Musiklehrerin im Haus nehmen. Das gekaufte Instrument beäugen sie wie ein kleines Kunstwerk. Längst verkauft ist das Motorrad, und für ein Auto, den „KdF-Wagen", wird gespart.

Der begeisterte Soldat wird an die Ostfront (Sowjetunion) eingezogen. Als er mit der Feldpost die Geburt seiner ersehnten Tochter erfährt, muss sie Heidelore heißen. Das Soldatenlied ist gerade im Schwange:

Lore, Lore, Lore, Lore.
Schön sind die Mädchen
von siebzehn, achtzehn Jahr.

So kann in einer Gefechtspause die Geburt besungen und begossen werden. Noch herrscht Siegesstimmung während des Vormarsches bis 50 Kilometer vor Moskau.

Der Nachrichtensoldat in weißer Tarnausrüstung auf Skiern erlebt von den B-Stellen (Beobachtungsstellen) aus, wie die unübersehbaren feindlichen Angriffswellen abgewehrt werden, immer neue anstürmen und ihr „Ura" (Hurra) erstirbt. Als Hauptfeldwebel für den Lebensmittelnachschub zuständig, fährt Alfried über Land und tauscht Salz gegen Eier. Arme Bauern dienen mit ihren Pferdegespannen als Hiwis (Hilfswillige). Ein Dienstmädchen schwärmt für Alfried: „bolschoi i krasiwy" (groß und schön).

Doch der Tod lauert in den Wäldern und Getreidefeldern. Eine sich bekreuzigende alte Frau warnt die Kompanie vor Partisanen im Hinterhalt, die ihre Opfer enthaupten und deren Köpfe aufspießen.

Das Kriegsblatt wendet sich: keine Siegesmeldungen. Marschmusik ist im Wunschkonzert des Rundfunks „Heimat deine Sterne" nun weniger gefragt. Beim „Ännchen von Tharau" ist Alfried seiner Hilla besonders nah:

Würdest du gleich einmal von mir getrennt,
lebtest da, wo man die Sonne kaum kennt,
ich will dir folgen durch Wälder, durch Meer,
Eisen und Kerker und feindliche Heer.
Ännchen von Tharau mein Licht, meine Sonn,
mein Leben schloss ich um deines herum.

Die Fotografien seiner strahlenden jungen Familie trägt er bei sich – in einem Stiefelschaft.

Während die Feldpostbriefe Rückzugsgefechte durchblicken lassen und Gefallenenanzeigen die Zeitungsseiten füllen, betet Hildegund für ihren Alfried und lässt den vierjährigen Alfred die Händchen falten:

Ich bin klein.
Mein Herz ist rein.
Niemand soll drin wohnen als Jesus allein.
Lieber Gott, wir bitten dich,
dass unser lieber Papi
bald gesund nach Hause kommt.

Dem kleinen Knaben im Gitterbettchen spricht die zitternde Mutter dieses Gebet in kleinen Wortgruppen vor. Ferner Geschützdonner und Fliegeralarm durchdringen die Nacht. Mit den schlafenden Kindern eilt sie in den Luftschutzkeller des benachbarten Bauernhauses. Der Krieg steht schon im eigenen Land.

Auf ostpreußischer Erde bewegen sich die feindlichen Truppen seit Oktober 1944. Die Verteidigung seines Vaterlandes beginnt für Alfried in seiner Heimat Ostpreußen. Im umkämpften Samland fährt Hildegund an seinem dreißigsten Geburtstag mit einer Torte in einem Königsberger Personenzug für Militärangehörige vorbei an Kontrollen und Posten zum Hauptfeldwebel Alfried an die Front. Einen Monat später überrascht er in Dienstuniform und Stiefeln seine Hilla und die Kinder Alfred und Lore Weihnachten zu Hause unter dem Christbaum.

In einem Sonderauftrag mit Fahrzeug und Fahrer in Königsberg unterwegs, steht Alfried plötzlich vor seiner Ponarther Mittelschule. Soldaten sind dort einquartiert, die ihm nachsehen, als er die Treppen zu seiner letzten Klasse emporsteigt. Er blickt noch einmal durch das Fenster auf den Hof, greift dann im Rausch der Erinnerung in den Schrank der Leihbücher und zieht ein schmales Bändchen heraus – „Hermann und Dorothea" von Johann Wolfgang von Goethe.

In einem anderen Feldzug vor einhundertfünfzig Jahren gegen das französische Revolutionsheer fand Dorotheas Bräutigam als Soldat den Tod in Paris. Die Vertriebene vom linken Rheinufer empfängt die Zuneigung des jungen Winzers Hermann mit vaterländischer Gesinnung:

Desto fester sei bei der allgemeinen Erschütterung,
Dorothea, der Bund ...
Denn es werden noch stets die entschlossenen Völker gepriesen,
die für Gott und Gesetz, für Eltern, Weiber und Kinder
stritten und gegen den Feind zusammenstehend erlagen.

Alfried schwor den festen Bund mit seiner Hildegund, kein Schicksal wie das der Vertriebenen Dorothea. Er schwört sich, Hildegund nicht den entfesselten Rächern auszusetzen und seine glückliche Familie vor der Furie zu retten.

Die Verrohung auf dem Schlachtfeld und die feindliche Besitznahme des linken Rheinufers in „Hermann und Dorothea" wiederholten sich jetzt, nach anderthalb Jahrhunderten, von der Memel bis zur Oder.

Bevor das Heimatdorf Godrienen in die Hauptkampflinie gerät, schärft Alfried auf dem Rückzug seiner Hildegund die Flucht nach dem Ostseebad Rauschen ein. Unter dem nahenden Geschützdonner flieht Hildegund mit den Kindern in einer eisigen Januarnacht auf dem Pferdewagen des Obstbauern nach Königsberg. Bei dem überstürzten Aufbruch besitzen sie nur die Kleidung am Leib.

Immer die Ratschläge ihres Liebsten befolgend, erklimmt Hildegund mit den Kleinen einen überfüllten Zug der Samlandbahn an die Ostsee. In dem von den Einwohnern verlassenen Rauschen finden sie Zuflucht in der Villa „Peter". Hier und in den anderen ungeheizten Kur- und Ferienhäusern wartet die Furcht vor der völligen Ungewissheit. Weinende Kinder, frierende Frauen und Alte lagern und hocken in Fluren und Zimmern. Hildegund entdeckt ihre Schwester mit den vier Kindern, ihre Mutter und Großmutter. Irgendwie kommt die ganze Verwandtschaft ein letztes Mal zusammen. Nur Alfrieds Eltern sind nicht dabei. Die an den Feldküchen ausgeteilten Suppen sind oft wegen des verdorbenen Fleisches nicht genießbar. Doch die Mütter – Hildegund und ihre Schwester – müssen stundenlang nach Essbarem anstehen.

Anfang Februar verschiebt sich die unübersichtliche Front weiter westwärts. Die Landverbindung zum Reich ist unterbrochen. Flüchtlinge weichen auf das

Eis des Haffs aus. Viele Trecks entkommen dem Grauen der Bomben und Granaten nicht, wie die Dichterin Agnes Miegel es erlebt:

„Zuckend wie Nordlicht am Himmel stand
Verlassner Dörfer und Städte Brand
Und um uns heulte und pfiff der Tod
Auf glühendem Ball durch die Luft getragen
Und der Schnee wurde rot
Und es sanken wie Garben die hilflos starben
Und wir zogen weiter,
      Wagen an Wagen"

In diesen Wirren gelangt Alfried zu seinen Lieben. Der Kompaniefeldwebel benutzt die ihm unterstehende Draisine und gibt seinem Fahrer den Marschbefehl, mit Marketenderware auf dem Nachschubweg bis Rauschen zu fahren. Nach beharrlichen Erkundungen trifft er endlich auf Hildegund mit Alfred und Heidelore. Es sind zu seiner Überraschung zehn Familienangehörige, die ihn unter Tränen fragend anstarren. Hildegund wirft sich an die Brust ihres Fredi. Und die Kleinen strahlen ihren Papi an. Der sprachlose Alfried lässt sofort Lebensmittel aus dem Schienenfahrzeug heranschaffen.

Während die Hungrigen mit den Konservendosen hantieren und vor allem die Kinder zu essen bekommen, überlegt der Entschlossene, wie er Hildegund und seine Kinder ohne weiteren Zeitverlust in den Gleiskraftwagen bringt. Mit der ihm anerzogenen Selbstbeherrschung des Mannes behält er die Fassung beim Anblick der lieben Großfamilie angesichts des drohenden Unheils und der Todesgefahren.

Da lagern die Geschwächten, Hildegunds Schwester mit vier Kindern, ihre Mutter und die Großmutter, von den Kindern liebevoll „Urahne" gerufen. Alfried hat nicht die Zeit, nach seinen Eltern zu suchen. Hildegund schluchzt an seiner Schulter:
„Oh, mein lieber Fredi!"

Hildegunds verzweifelten Ausbruch, wie es weitergehen solle, nimmt Alfried zum Anlass für das gemeinsame Aufbrechen:
„Ich bin gekommen, um dich mitzunehmen. Ihr bleibt nicht hier."
Ihre Mutter hätte er noch mitnehmen wollen. Doch sie blieb lieber bei den zurückbleibenden Enkeln.

Viel gesprochen wird nicht. Es sind zu viele Menschen drum herum. Auch sollten die Kinder nicht zusätzlich beunruhigt werden. Die Blicke und der Abschied sind herzzerreißend.

Benommen und erschöpft trennt sich Hildegund von ihren Anverwandten. Mit ihren Kindern in die Kälte tretend, fühlt sie sich ganz in der Obhut ihres Beschützers, der mit ihnen zum Bahnhof eilt. Dort wartet schon der Fahrer. Er hilft der Familie beim Einsteigen. Die Kinder bewundern das Schienenauto. Vom Krieg ist während der Fahrt nichts zu merken. Dramatisch verläuft sie dennoch. Im Schneetreiben entgleist das Gefährt. Der Knabe blutet. Die Schnittwunde unter seinem linken Auge lässt sich aber schnell verbinden. Die beiden Männer können das intakt gebliebene Fahrzeug auf die Schienen setzen.

Hauptfeldwebel Alfried bewegt sich während der privaten Rettungsaktion seiner drei Liebsten entlang der Küste des Frischen Haffs unter großen Gefahren zwischen den Fronten. Währenddessen machen sich im besetzten Rauschen die feindlichen Horden über die Frauen, Kinder und alten Männer her, berauben sie ihrer letzten Habe und zwingen mit Bajonetten Frauen und Mädchen, ihnen zu Willen zu sein. Alfried muss dienstlich nach Pillau, dem Vorhafen von Königsberg. Dort steht die Verschiffung seiner Kompanie bevor. Da müssen Hildegund und die Kinder mit.

Stärke und Zuversicht schöpft Hildegund immer aufs Neue durch die Gegenwart ihres Alfried, der sie auf den entscheidenden Fluchtakt vorbereitet, auf das Kriegsschiff seiner Einheit zu gelangen. Alfried gibt sich als Bruder und Hildegund als seine Schwester aus. Durch Zufall hätte er sie im Flüchtlingsstrom vor den Kriegsschiffen und Truppentransportern erspäht. Die ergreifenden Umarmungen und die zitternden Kinder wecken die Hilfsbereitschaft der Schiffsbesatzung. Auf einer langen Strickleiter werden die Kleinen auf Matrosenarmen sicher getragen. Hildegund überwindet ihre Schwindelanfälle an der nicht enden wollenden Schiffswand.

Zwischenstation auf dem Rückzug ist die Halbinsel Hela. In frisch ausgehobenen Erdbunkern ist die kleine Familie unter den Soldaten geduldet. Mit ihnen erleidet sie Schmerzensschreie Verwundeter und Soldatentod, Mitgefühl und Tröstungen der Kameraden.

Während der Überfahrt nach Swinemünde übersteht das Kriegsschiff einen Luftangriff. Auf Deck waren die Soldaten in gelben Schwimmwesten angetreten. Alfried hält sich in der Kajüte seiner Familie auf und sieht durch die Bullaugen, wie die Bomben das Wasser aufwirbeln. Er tastet nach seiner Pistole. Zu einem qualvollen Ertrinken soll es nicht kommen. Gott muss sie doch lieben, wie der Hochzeitspsalm verheißt:

Wohl den Menschen,
die dich für ihre Stärke halten
und von Herzen dir nachwandeln.

Während die Trecks auf dem Eis des Haffs zerschossen, niedergewalzt in der Tiefe versinken, irren die in Rauschen Zurückgebliebenen im Samland und in den Ruinen von Königsberg auf der Suche nach Essbarem und Schutz umher – und können dem Tod nicht entrinnen. Agnes Miegels „Erinnerung erwacht ... an alle, die hilflos und einsam starben, ..., die keiner begrub, nur Wasser und Schnee. Auf dem Weg unsrer Flucht – dem Weg ohne Gnade!"

Die Älteste, Urahne Henriette, und die Jüngste, Baby Marion, müssen zuerst sterben. Hildegunds Mutter kann die schwere Landarbeit auf der Sowchose (sowjetischer Landwirtschaftsbetrieb) nicht leisten und verhungert. Den Hungertod erleiden ebenso Alfrieds Eltern. Als Alfried nach dem Krieg vom Schicksal seiner Eltern erfährt, hadert er mit seinem Gott. Wo war Gott, als seine fromme, sparsame, bescheidene Mutter vor Hunger verwirrt wurde. Nach sechs Nachkriegsjahren sah Hildegund ihre Schwester wieder. Mit ihren drei Kindern dem Hungertod nahe, wurde sie jahrelang in Litauen festgehalten.

Vor alldem bewahrt Alfried seine Hildegund und seine Kinder Alfred und Lore, denn er behält sie bei sich in dem Militärbauzug bis zu dessen Auflösung auf einer ländlichen Bahnstation in Mecklenburg. Da stehen nun die Vier in am Körper schlotternden Wehrmachtspullovern im frühlingshaft grünenden Wald und schauen tatenlos zu, wie die Bestände in den Güterwagen geplündert werden. Auf Handwagen nehmen die Menschen aus den Dörfern alles Greifbare mit von Kartoffeln bis zu Bleistiften.

Alfried begibt sich in englische Gefangenschaft, bevor die sowjetische Besetzung erfolgt. Aus der Gefangenschaft in Schleswig drängt es ihn bald sorgenvoll zu seinen Lieben. Im November 1945 verlässt er das Gefangenenlager mit einem selbst ausgestellten Entlassungsschein. Mit seinem Dienstgrad gehört dies zu seinen Tätigkeiten als Schreiber. Er findet auch einen Besatzungsoffizier für die Unterschrift.

Freut euch des Lebens,
weil noch das Lämpchen glüht,
pflücket die Rose, eh sie verblüht.

Wohl auf den ersten Festen im Frieden oft gesungen und getanzt. Doch sind Glück und Frieden noch nicht beschieden. In höchster Bedrohung setzt dieses Mal Hildegund ihr Leben für ihren Fredi ein. Während des ersten Erntefestes nach dem Krieg in dem mecklenburgischen Hundertseelendorf sieht Alfried in Gewehrläufe der neuen Besatzer. Er hatte die Kalmücken beim Pferdediebstahl ertappt und Alarm geschlagen. Nun laden sie im Festsaal des Herrenhauses ihre Maschinenpistolen durch. Da stellt sich Hildegund blitzschnell, einen Kugelfang bildend, vor ihren Alfried. Hinter einer Menschenmauer drückt die Gutsbesitzerin den Fliehenden in ihr Schlafgemach und zwängt ihn in eine riesige eichene Truhe. Die rasenden Verfolger durchkämmen das Gutshaus vom Keller bis zum Dachboden. Doch zu dem Schlafzimmer wird ihnen der Zutritt verwehrt. Die Walküre von Gutsherrin bedeutet ihnen, dass hier kein Mann hineinkommt.

Die Liebe bleibt. Alfred und Heidelore bekommen das Geschwisterpaar Ludger und Ortrun. Ihr Familienglück bewahrend, in ihren Handelsberufen rastlos ein bescheidenes Einkommen erarbeitend, bleiben Alfried und Hildegund besitz- und heimatlos. Die innerdeutsche Grenze trennt sie von den übrigen Verwandten jenseits der Elbe. Die Heimat hinter der Oder ist verloren.

Land der dunklen Wälder
Und kristallnen Seen.

Die Feiern der Heimatvertriebenen enden in traurigen Gesängen „Nach Hause".

Wenn ich den Wanderer frage:
„Wo kommst du her?"
„Von Hause, von Hause",
spricht er und seufzet schwer.

Zu Hildegunds Trauer um Alfried kommt ihre Erschütterung, dass sie kein Familiengrab haben. Ihre Angehörigen sind jenseits des Pregels unbekannt verscharrt. Es gibt kein „Nach Hause".

Und wenn man mich nun fraget:
„Was drückt dich schwer?"
„Ich kann nicht nach Hause,
hab' keine Heimat mehr."

„Nun aber bleiben Glaube, Hoffnung, Liebe, diese drei, aber die Liebe ist die größte unter ihnen."

Unser Pastor

So habe ich ihn erlebt, im Geiste des Bibelspruchs auf seinem Grabstein:

Röm. 14.8
Leben wir, so leben wir dem Herrn;
sterben wir, so sterben wir dem Herrn.
Darum: wir leben oder sterben,
so sind wir des Herrn.

Sommerlich erblüht ist der Friedhof auf dem Wall der versunkenen Mecklenburg. Dreißig Jahre ist unser Pastor schon tot. Vor nunmehr fünfzig Jahren war ich sein Religionsschüler, Konfirmand und Kirchgänger.

Was treibt mich von Berlin nach Dorf Mecklenburg? Es ist die Suche nach Religiosität und Spiritualität in der Kirche, zu der meine Bindung verlorenging – nach dem Umzug der Eltern in die Stadt, Studium und Familienglück mit einer Berlinerin in ihrer Heimat. Beim Lesen des Gemeindebriefes der Kirchen meines Stadtbezirkes auf Hochglanzpapier mit seitenlangen Geschäftsanzeigen, Beiträgen sowie Veranstaltungsangeboten, die sich kaum von denen in Zeitungen, Rundfunk, Fernsehen und Vereinen unterscheiden, schiebt sich das Bild des Pastors Winter vor meine Augen.

Ich sehe ihn vor mir, wie er im Lodenmantel, mit grauem Filzhut und Stock zu Fuß in den Dörfern seine

Gemeindemitglieder zu Hause besuchte. Am Dorfausgang von Petersdorf wohnend, sahen wir ihn oft am Abend, wenn sich die Gespräche in die Länge gezogen hatten, leicht gebeugt, seine Schritte mittels des weit nach vorn schwingenden Stockes beschleunigen, um vor der Dämmerung zurück zu sein. Zur Straßensammlung machte er nochmals die Tour und kündigte vorher an, dass er die Häuser nicht betreten dürfe.

Der Herr Pfarrer, wie meine Mutter ihn ansprach, folgte aufmerksam und geduldig ihrem Redefluss und flocht ab und an ein bestätigendes „Ja, ja, ja" ein. Die Unterhaltungen drehten sich um Gesundheit, Schule, Lehre und Arbeit. Höchstes Lob galt den Heranwachsenden, wie mir, wenn es hieß: „Er raucht nicht. Er trinkt nicht." Für uns Jungen war er der respektierte Pastor, „uns' Paster" für die Einheimischen. Eine Nachbarin aus dem Gemeindekirchenrat nahm sich die Anrede „Herr Pastorrrchen" mit ihrem ostpreußischen rollenden „R" heraus. Sie soll in der kalten Jahreszeit in der Kachelofenröhre angewärmte Filzpantoffeln für den über Land ziehenden Seelsorger bereitgehalten haben.

Wie unser Pastor liefen wir alle Wege zu Fuß ab: zur Schule nach Groß Stieten einen Kilometer, zum Religionsunterricht nach Moidentin zwei Kilometer, zum Konfirmandenunterricht ins Pfarrhaus und zum Gottesdienst in die Kirche nach Dorf Mecklenburg drei Kilometer. Nach Moidentin und Dorf Mecklenburg nahmen wir die Waldwege, während Pastor Winter nach dem Religionsunterricht in Moidentin den kürzeren Landweg einschlug.

Die Fußwege zur religiösen Unterweisung nutzten wir noch für die Erledigung der Hausaufgaben, das Auswendiglernen aus dem besprochenen Kleinen Katechismus und von Liedstrophen aus dem Gesangbuch. Das Ergebnis war meistens mäßig. Doch der nachsichtige Pastor nahm die fleißigen Mädchen ran, die sich eifrig zum Aufsagen meldeten. Dann war der Druck genommen, und erleichtert ließen sich die voll besetzten Reihen auf den harten Konfirmandenbänken auf lebhafte, lebensbezogene geistliche Gespräche ein.

Pastor Winter sprach bewegt mit tiefer klangvoller Stimme, wobei seine Lippen bei Erregung vibrierten. In seinem grauen Westenanzug, mit der randlosen Brille unter der hohen Stirn und ergrautem Haarkranz strahlte er Würde aus. Seine Autorität ließ keinen Abstand zu, weil er die biblischen Geschichten und Gleichnisse mit unserem Alltag verband, Moral und Sittlichkeit vermittelte und uns musikalisch am Harmonium beeindruckte. So bilde ich mir ein, dass mein bleibender Eindruck von Matth.7.3. aus dem Konfirmandenunterricht rührt:

Was siehst du aber den Splitter
in deines Bruders Auge
und wirst nicht gewahr des Balkens
in deinem Auge?

Gottes ewiger Güte das Wetter zu überlassen war uns durch die ländlichen Fallbeispiele des Pastors einleuchtend. Wir sollten uns vorstellen, welch gegensätzliche Wünsche die Menschen hätten. Frau Meier braucht am Waschtag Sonne. Bauer Schulz bestellt für seine Getreideaussaat Regen.

Der Pastor scheute sich auch nicht, uns Dörflern Tischsitten beizubringen. Unvergesslich ist mir seine heitere Lektion über das Essen mit Messer und Gabel. Mit dem Messer als „Ranholer" schneidet man nur Fleisch und keine Kartoffeln.

Nicht unerwähnt sei die niederdeutsche Färbung in seiner Sprache. Den „Himmul" habe ich behalten – das so oft gesprochene Wort. Die Liebe zu Mecklenburg sprach aus seinen Einflechtungen über Fritz Reuter und Stavenhagen. Sicher hat „uns' Paster" die „Urgeschicht von Meckelnborg" gekannt, deren Anfang zu seiner Mission passt: „As uns' Herrgott de Welt erschaffen ded, fung hei bi Meckelnborg an …"

Manche Konfirmandenstunde gedieh zum Gesangsunterricht. Nach der inhaltlichen Erörterung des Chorals setzte sich der Pastor an das Harmonium und brachte uns mit seiner volltönenden Stimme schnell zum Mitsingen.

Nach einem halben Jahrhundert sehe ich die Kirche von Dorf Mecklenburg wieder. Das Leuchten von Turmhelm und Dach, die Stützbögen an den Backsteinmauern sind wie eine Erweckung:

Ein feste Burg ist unser Gott.

Wie ein Wunder nehme ich das Innere der Kirche auf. Ein halblautes „Oh" begleitet mein Staunen. Alles ist unverändert und keine plakatierten Kalkwände, keine touristischen Kerzenreihen, das Holz der Brüstung nicht mit nachgeahmter Bauernmalerei übertüncht. Meinen Blick nimmt der hellglänzende Altar gefangen. Seine Teile kamen mir als Kind wie Keramiken vor. Die Augen verharren auf dem Gekreuzigten in der Höhe, wie es mir immer widerfährt beim Betreten eines Gotteshauses.

O Haupt voll Blut und Wunden.

Die erhebenden Choralgesänge höre jetzt nur ich. Es ist mir, als wenn der Geist des Propstes in der Kirche schwebt. Ich sehe ihn vor dem Altar, im Talar erhobenen Hauptes größer erscheinend, den Segen spenden und mit weiter Geste das Zeichen des Kreuzes machen. Eine feierliche Ergriffenheit durchrieselte meine Kinderseele.

Mit Ernst, o Menschenkinder,
das Herz in euch bestellt ...

Im Gottesdienst nahmen wir Konfirmanden auf der Orgelempore Platz. Wenn es dem Pastor da oben zu unruhig wurde, mussten wir den nächsten Sonntag in seinem Blickfeld sitzen. Es hatte auch tatsächlich einmal ein Bauernbursche Gesang und Orgel auf seiner Mundharmonika begleitet. Nach der Andacht stand Pastor Winter neben der Kanzel, schaute über die Reihe seiner Schäfchen und zeichnete in unseren Klappkarten die Teilnahme an den Feiern im Kirchenjahr ab.

Meine große Feier war die Einsegnung am Palmsonntag 1954. Der Konfirmand im umgeschneiderten dunkelblauen Nadelstreifen „mit Schlips und Kragen" spazierte mit den Eltern durch den Wald. Das Wetter muss schön gewesen sein wie die Stimmung in der

Kirche. Mehr in Erinnerung ist der Prüfungssonntag Judika vor Palmarum. Auf den Stuhlreihen im Halbkreis vor dem Altar saß ich aufgeregt im umgearbeiteten grauen Nadelstreifen, aber gut vorbereitet. Mein Vorhaben, mindestens zweimal zu Wort zu kommen, gelang. Schließlich wollte man ja vor der versammelten Gemeinde nicht namenlos stumm dasitzen.

Pastor Martin Winter war uns ein feinfühliger, mitmenschlicher und mitleidender Seelsorger. Wenn er über Kriegsschrecken, Nachkriegselend, Heimatverlust, Krankheit und Tod predigte, in seine Gebete die Vermissten, Kriegsgefangenen und Umgekommenen einbezog, war seine Stimme voller innerer Rührung.

„Hat er wieder geweint?", fragte mein Vater übertreibend, wenn Mutter und ich vom Gottesdienst berichteten. Vater haderte mit Gott, weil er es zugelassen hätte, dass seine frommen, bescheiden lebenden Eltern und drei weitere Angehörige aus unserem Familienkreis in Ostpreußen obdachlos an Hunger im Elend starben. Pastor Winters Fürbitten hallten in unserem Wohnzimmer nach mit einer leisen Sorge um seine Gefährdung angesichts der sich abzeichnenden ideologischen, atheistischen Feldzüge.

Propst Martin Winters gelebte Berufung als Mittler zwischen Gott und den Menschen wirkt wohl bis heute in seiner Evangelisch-Lutherischen Gemeinde fort. Dies spüre ich auch aus der dreiundzwanzigseitigen Schrift „Die Dorfkirche zu Dorf Mecklenburg", die dem Pfarrer wohl gefiele in ihrer einladenden Schnörkellosigkeit in Wort und Bild.

Das religiöse Wirken Martin Winters offenbart uns Spiritualität im Christentum, das Kultur und Geistesleben einer gebildeten Nation bereichert. Darum wird die Spurensuche fortgesetzt.

Stärker als die Zeit

Stallberg, den 18.6.1960

Meine liebe Helga!

Wie bist Du fern – und doch: wie in der Nähe,
wie bist Du nah, wo Du auch immer bist.
Du bangst wie ich, stets wenn ich von Dir gehe,
und preist die Trennung, die vorüber ist.

Ach nein, ich weiß: Kein Abschied kann uns scheiden.
Der Weg zu Dir ist stärker als die Zeit.
Seit wir den Weg erkannt, träumt in uns beiden
ein großer Traum in die Unendlichkeit.

Diese beiden Verse aus einem Gedicht, welches leider nicht von mir stammt, beinhalten das, was ich sonst in meinen Briefen zum Ausdruck bringen möchte. Sie gefallen mir. Ich habe sie der „Jungen Welt" von heute entnommen, dem Gedicht von Werner Bräunig „Der Weg zu Dir" …
Ich werde Dir fleißig Ansichtskarten schicken. Im Juli sollen wir ein paar Mal unterwegs sein. Ich freue mich auf den Urlaub. Bis dahin träume ich von Dir.

Ich muß Dich immer wieder neu erkennen
in jedem Windruf, jedem fernen Klang;
muß immer wieder Deinen Namen nennen
an jedem Tag und alle Tage lang.
      (W. Bräunig)

Ach könnt' ich Deinen Kopf an meiner Brust verspüren. Auch abkitzeln ließe ich mich, so ich Dich auch abküssen würde und mich dabei der erquickende Hauch Deines Körpers an dem meinen berauschte.

Dein treuer Alfred

Alfred schreibt aus einer Artilleriekaserne in den mecklenburgischen Wäldern. Seit einem Dreivierteljahr dient er dort im Meteorologenzug. Es ist keine Soldatenliebe nach Art von „Lili Marleen".

Helga und Alfred kennen sich von einem fünfmonatigen Lehrgang für Planer und Statistiker der Konsumgenossenschaften (KG) und Konsumgenossenschaftsverbände (KGV) in der Konsumschule an der Elbe in Dresden-Hosterwitz seit Januar 1958. In Erinnerung brachte sich Helga aus Falkensee bei Berlin danach im August mit einer Geburtstagskarte. Die Briefe und Karten der beiden damals Neunzehnjährigen bis zu ihrer Hochzeit im August 1961 in Wismar sind erhalten.

Wahre Freundschaft soll nicht wanken,
wenn sie gleich entfernet ist.
Lebet fort noch in Gedanken
und der Treue nie vergißt.
Alfred
Helga

Dies steht so handschriftlich auf Helgas Briefmappe. Die erste Volksliedzeile und die beiden Namen sind unterstrichen. Auch Alfred hat alles Geschriebene von seiner Freundin aufbewahrt. Lesen wir vorerst weiter in ihren Briefen, welchen Weg sich Alfred zu Helga – von der Ostseeküste in das Berliner Umland – auferlegte, wie die Suchenden in die Mühlsteine der Zeit gerieten und die Liebenden am Ende durch Reife und Stärke ihren großen Traum verwirklichten.

Petersdorf, den 30.11.1958

Liebe Helga!
Die Hochschule für Ökonomie kommt für mich nicht in Frage. Wenn es unbedingt notwendig sein wird, nehme ich am Fernstudium teil. Das ist mir angenehmer, als drei oder vier Jahre Marxismus-Leninismus eingepaukt zu bekommen, ohne gegen den wissenschaftlichen Sozialismus zu sein.
Wenn ich daran denke, daß Du vor den Toren Berlins wohnst, muß ich auch auf Berlin zu sprechen kommen. Wie ist die Stimmung bei Euch zu der aktuell gewordenen Berlin-Frage? Ich glaube, den Abzug aller Ausländer aus Berlin kann jeder begrüßen. Inwieweit sich die anderen Probleme um Berlin realisieren werden; man weiß es nicht. Auf jeden Fall, kann ich mir vorstellen, wäre es schön, wenn man sich ungehindert in Berlin bewegen kann.
Zu gerne wäre ich mal in Berlin. In die Staatsoper gehen, die neuen Straßen bewundern und die Kunstschätze in den Museen kennenlernen, das alles sind vorerst noch meine Träume und Wünsche. Das Leben hier in einem kleinen, bei diesem Wetter und der Jahreszeit ausgestorben zu scheinenden Dorf in Mecklenburg veranlaßt mich manchmal zum Träumen. Diese Träume können aber erfüllbar sein.

Innig grüßend
Alfred

Falkensee, den 6.12.58

Lieber Alfred!
Zu der Dir bekannten Berlin-Frage bin ich ganz Deiner Meinung und im allgemeinen alle hier. Du schreibst, daß Du gerne mal in Berlin sein möchtest. Wenn man dies vorher genau absprechen würde, wäre es weiter kein schwieriges Problem. Ich bin der Ansicht, daß diese Jahreszeit etwas ungünstig dazu ist. Wenn man einen anderen Zeitpunkt wählen würde, so könntest Du noch einige Sehenswürdigkeiten mitnehmen.
Wie gesagt, wenn es Dir recht, ließe sich darüber reden. Außerdem müssen sie in der Staatsoper auch was Gutes bringen. Ich würde versuchen, Dir das Schönste zu zeigen. Wie ist Deine Meinung zu diesem Punkt?
Mit herzlichstem Gruß verbleibt
Helga

Petersdorf, den 14.12.1958

Liebe Helga!
Nur vierzehn Tage trennen uns noch vom alten Jahr, das mir besonders kurz vorgekommen ist. Man sagt immer, im Alter weiß der Mensch erst, wie kurz ein Leben ist. Aber ich bilde mir ein, die Kürze eines Menschenlebens jetzt schon einschätzen zu können.
(...)

Eine „Zwischenbilanz meines Lebens" ergibt die Feststellung, daß die Arbeit (die bisherige) nicht der Lebensinhalt, der größte, geworden ist. Weiterhin bin ich zu der Ansicht gekommen, daß es keinen größeren Bürokratismus in der Welt gibt als in der DDR, oder ich bin kein echter Bürokrat. Manchmal glaube ich, nicht die richtigen Berufe gewählt zu haben. Ich möchte Dich nicht weiter mit meinen Ausbrüchen langweilen.
Sehr dankbar bin ich für Dein Entgegenkommen. Was ich träumerisch aufs Papier schrieb, zu dem möchtest Du mir verhelfen. Ich bin ganz Deiner Ansicht in bezug auf die Jahreszeit. (...) Auf jeden Fall freue ich mich, Berlin zu sehen und Dich wiederzusehen.
Besonders Dir wünsche ich angenehme Weihnachtsfeiertage und verbleibe mit Weihnachtsgrüßen
Alfred

Falkensee, den 21.12.1958

Lieber Alfred!
Mit großer Freude und bestem Dank erhielt ich Deinen Brief. Wenn ich einen Brief von Dir in meinen Händen halte, so bin ich immer gespannt. Deine Briefe lese und beantworte ich gern. (...)
Mein Ziel ist immer noch, beim DIA (Deutscher Innen- und Außenhandel) zu arbeiten. Es kommt nun darauf an, wie sich die Berlin-Frage entwickelt. Wenn ich dies erreichen würde, wäre ich begeistert. (...)
Mit Deinen Ausbrüchen langweilst Du mich nicht, im Gegenteil, ich finde es prima, daß man sich mit Dir über alles unterhalten kann. Solche Dinge bewegen mich auch oft.

Was Du über Berlin und Dein Kommen schreibst, freut mich. Bitte schreibe mir dann den genauen Zeitpunkt (rechtzeitig). Alles, was damit verbunden ist, müssen wir dann noch absprechen. Da ich Dich für einen guten Menschen halte, möchte ich Dir im nächsten Brief schreiben, wie es mir nach dem Lehrgang in Dresden zu Hause erging.
Für die nun folgenden Weihnachtsfeiertage wünsche ich Dir von ganzem Herzen alles Gute und grüße Dich herzlich
    Helga

                    Petersdorf, den 29.12.1958

Liebe Helga!
Eigentlich wollte ich Dir am Neujahrstag schreiben. Doch ich spüre das Bedürfnis, Dir noch in diesem Jahr zu antworten. Für mich ist der Briefwechsel mit Dir eine Unterhaltungsweise besonderer Art, wenn ich daran denke, daß ich weder Freunde noch Bekannte habe, geschweige Menschen, mit denen man sich einigermaßen unterhalten kann. (…)
Über die Arbeit im Betrieb mag ich gar nicht sprechen. Übrigens habe ich jetzt schon einen festen Entschluß gefaßt zu wechseln im nächsten Jahr. Wie Du den Wechsel aufnimmst, bin ich auch gespannt. Wenn ich im Juni meine Reifeprüfung abgeschlossen habe, werde ich nach meinem Sommerurlaub für zwei Jahre zur Volksarmee gehen. Glaube bitte nicht, ich tue dies aus Flucht vor der Arbeit. Als Bürokrat möchte ich den jungen Produktionsarbeitern in nichts nachstehen. Zum anderen möchte ich die militärische Grundausbildung zur körperlichen Ertüchtigung nicht missen.

Wer weiß, wozu man die Kenntnis der Waffentechnik noch gebrauchen kann. Zuletzt möchte ich den Alten beweisen, daß ich mich vor körperlichen Anstrengungen nicht fürchte, wie mein Vater es so schön zu sagen wußte. In den zwei Jahren werde ich Zeit haben, darüber nachzudenken, was ich später im zivilen Leben unternehmen werde. Mit den üblichen Phrasen wollte man mich in die Kampfgruppen dirigieren. Ich habe es abgelehnt. Wenn ich an den Lauf der Dinge in unserem KGV (Konsumgenossenschaftsverband) denke, so behindern einzelne Begebenheiten meinen politischen Standpunkt im allgemeinen, denn irgendeine politische Meinung muß der Mensch doch haben. Manchmal dreht sich alles in meinen Gedanken, welches durch eine Kleinigkeit nur zustande kommt. (…) Ist der Deutsche Innen- und Außenhandel Dein gestecktes Ziel für 1959? Was möchtest Du denn gerne bei dem DIA machen? Ich drücke Dir jedenfalls die Daumen, auch Silvester. (…)
Auch Dir wünsche ich eine angenehme Jahresabschlußfeier und ein erfolgreiches neues Jahr. Ich denke auch in der letzten Stunde des alten Jahres an Dich und wünsche Dir von Herzen alles Gute und freue mich schon auf den nächsten Brief.

Alfred

Falkensee, den 5.1.1959

Lieber Alfred!
Erst einmal vielen schönen Dank für Deinen Brief und die Karte. Wenn ich auf den Kalender schaue, so ist der 5. Januar ein bedeutender Tag für mich, an dem ich Dir schreiben muß. Heute genau vor einem Jahr

etwa um die gleiche Zeit machte ich mich reisefertig und verließ drei Stunden später das Haus, um nach Dresden zu fahren. An diesem Tage ahnte ich nicht, wie ich das Elternhaus vorfinde, wenn der Lehrgang beendet ist. An dem gewissen Donnerstag, als der Lehrgang beendet war, fuhr ich in der Nacht zum Hauptbahnhof, um den ersten Zug zu erreichen. Ich hatte Pech, kam ohne Zulassungskarte nicht mit und mußte mit dem nächsten Zug von Dresden-Neustadt fahren. In Falkensee angekommen, holte ich noch den Koffer ab, den wir aufgaben, und ging nach Hause.

Es war ein sonniger Tag, und ich freute mich auf zu Hause. Als ich vor der Tür stand und alles betrachtete, dachte ich so, hier stimmt etwas nicht. So untersuchte ich Haus und Garten, fand aber niemanden als meinen Opa. Noch wußte ich nicht, was gespielt wurde. Durch eine Unterhaltung mit meinem Opa und einen an mich gerichteten Brief von seiten meines Vaters erfuhr ich, daß meine Eltern und meine beiden Geschwister nach dem Westen abgereist sind. So stand ich da und überlegte. So traurig es war und ist, ließ ich alles an mich herankommen. Es dauerte nicht lange, und die Polizei erschien. Sie befragten mich unheimlich, ließen mich aber bald in Ruhe und setzten sich beim Rat der Gemeinde dafür ein, daß die Sachen, die mein Vater für mich schriftlich festgelegt hat, mein Eigentum sind. Doch was sollte ich mit meinem Opa machen. Unmöglich konnte ich ihn bei mir behalten. Mein Stiefbruder, welcher ebenfalls in Falkensee verheiratet ist, konnte ihn auch nicht zu sich nehmen. Meine Verwandten in Berlin lehnten es alle ab. Ich war in einer Situation, es war wirklich furchtbar. So wußte ich mir keinen Rat mehr weiter und ging mit diesen Sorgen zu unserer Kaderleiterin der KG (Konsumgenossenschaft). Irgendwie hatte ich zu dieser Frau Vertrauen, und sie half mir. Ihr kann ich es verdanken, so traurig es ist, daß er in ein Pflegeheim aufgenommen wurde. Wie ich dieser Kollegin danken sollte, wußte ich gar nicht. Sie war in jeder Beziehung Mensch. Heute ist sie nicht mehr bei uns. Inzwischen mußte das Haus, also die unteren Räume, geräumt werden. Einige Sachen bekam mein Bruder und ein Teil meine Verwandten. Der Rat der Gemeinde setzte ein älteres Ehepaar in die Wohnung. Ich durfte die Wohnung oben behalten und richtete sie mir mit den für mich bestimmten Möbeln ein. Jetzt war das Gröbste geschafft. Nun machte ich mir ernstlich Gedanken, was der Grund sein könnte. Dabei kam ich auf keine richtigen Gründe. Bei meinen Verwandten war ich oft, natürlich auch bei meinem Bruder. Niemand konnte den genauen Grund sagen. Ich vermute etwas, weiß aber bis heute nichts Konkretes.

Da ich sehr viel darüber nachgedacht habe, kam mir ein, daß mein Vater davon sprach, das Grundstück eventuell zu verkaufen und in eine andere Gegend zu ziehen. Dies war, als wir von der Schule den zweiten Urlaub hatten. Mir kam das alles spanisch vor, und ich nahm es nicht ernst, weil er manchmal was sagte, was man nicht ernst nehmen durfte. Er fragte mich noch viel, was die Schule betraf, und dabei auch, ob ich mir zutrauen würde, in meinem Alter alleine zu bleiben. Ich, wie ich war, sagte natürlich: „Na klar, es sind ja so viele alleine, die gar keine Eltern haben."

Dies ist alles, woran ich mich besinnen kann. Nach einiger Zeit bekam ich dann von meiner Mutter (Pflegemutter) einen Brief. Er kam aus Hanau bei Frankfurt a. M. Daraus ersah ich, daß es ihnen gut geht.

Daraufhin schrieb ich einen Brief an meinen Vater, in dem ich ihm meine Meinung über alles sagte ohne Rücksicht. Auf diesen Brief bekomme ich heute noch Antwort. Meine Mutter schreibt öfter. Zu Weihnachten bekam ich sogar ein Päckchen.
Dies ist alles eine Härte für mich. Zum Teil habe ich es schon überwunden. Was Du von mir denkst, wenn Du diese Zeilen liest, bin ich gespannt. Nun weiß ich nicht, wie Du über dies mit Deinem Besuch denkst. Bitte entschuldige, wenn ich Dir damit auf die Nerven falle. Ich möchte aber nicht, daß Du anders von mir denkst, wie ich bin.
Entschuldige bitte, wenn ich so offen bin. (…)
Wenn Du im Juni Deine Reifeprüfung ablegst, so wünsche ich Dir schon jetzt alles Gute. Von Deinem Entschluß rate ich Dir nicht ab. Es ist gut, wenn Du diesen Schritt aus den von Dir angeführten Gründen gehst. Daß Du Dich vor der Arbeit drückst, glaube ich nicht. (…)
Mein Ziel für 1959 ist der DIA. Nun kommt es dabei auf die Berlin-Frage an. Falkensee gehört doch zum Randgebiet. So braucht man, wenn man da anfangen will, verschiedene Genehmigungen. Bei uns vom Rat des Kreises, daß der Kreis auf die Person verzichtet, und dann eine vom Magistrat von Großberlin und vom DIA. Der DIA muß bescheinigen, daß man unbedingt eingestellt werden muß, und damit geht's dann zum Magistrat. Dort wird entschieden. Hoffentlich fällt dies bald weg. Ich kann in der Planung beginnen, wenn ich ein Jahr in der Planung in einem Handelsbetrieb tätig war. (…) Genau entschieden habe ich mich noch nicht. Vorteile hat man, wenn man eine Sprache kann. So werde ich in diesem Jahr Englisch lernen. (…)

Silvester habe ich an Dich gedacht und dabei, was Du wohl so machen wirst, da begann ich zu träumen. In einem schönen Buch las ich kürzlich, „wer nie eine Minute übrig hat, um sie an einen schönen Traum zu verschwenden – wie arm ist der".
Von Herzen grüßt Dich Helga

Petersdorf, den 11.1.1959

Liebe Helga!
Nicht zu Unrecht war ich auf Deinen letzten Brief sehr gespannt. Geahnt hatte ich auch, daß Dir zu Hause wieder Unrecht geschehen war. Daß das Dir von Deinen Eltern angetane Unrecht so unverzeihlich groß ist, hat mich sehr überrascht. Alles andere hatte ich erwartet, aber keineswegs das. Erzähltest Du uns in der Schule doch noch, innerlich erfreut, von einem Brief Deines Vaters, den Du uns vorgelesen hattest. Du standest vor einer Situation, die für meine Begriffe menschlich erschütternd ist, und Du hast diese Situation gemeistert. Ich weiß gar nicht, wie ich Dir das alles schreiben soll; ich möchte Deinen Vater verurteilen, weil er einen großen Fehltritt gemacht hat in seinem Leben in politischer und menschlicher Hinsicht. Er verläßt sein Kind und bürdet ihm in diesem Trubel des Lebens einen Greis auf. Es ist hart gesprochen, Helga, aber es ist doch so. Ich habe gehört, daß in letzter Zeit viel Intelligenz und andere Berlin verlassen, um nach dem Westen zu flüchten. Vielleicht bereut es Dein Vater noch, daß er Hab und Gut, einen gewissen Wohlstand, gegen eine unklare, vernebelte Zukunft eintauscht.

In der letzten Phase der Schulzeit hatte ich Dich näher kennengelernt. (…) Erst Deine Briefe oder besser erst durch Deine Briefe, kann ich sagen, Dich etwas zu kennen. (…) Nach dem, was bei Dir vorgefallen ist, kann ich nur sagen: Ich bewundere Dich. Wie hätte man denn anders handeln können wie Du. Es ist wahrhaftig eine unverdiente Härte für Dich. Du hast das nicht verdient.

Ich denke nach wie vor über Dich nicht anders auch nach dem, was vorgefallen war, in Beziehung zu Deinem Versprechen, mir Berlin zu zeigen. Ich hasse Schöntuerei, und deshalb brauchst Du Dich auch nicht für Deine Offenheit zu entschuldigen. Ich freue mich über Deine Willenskraft, beruflich weiterzukommen. Eine Fremdsprache zu lernen, rate ich Dir unbedingt, wenn Du beim DIA schneller vorwärts kommen willst, und es ist auch eine interessante Beschäftigung in der Freizeit. (…)

In der Hoffnung, daß wir uns bald einmal unterhalten können von Mensch zu Mensch, grüße ich Dich, und bleibe so, wie Du bist

Alfred

Bis zum Wiedersehen jedoch vergeht noch gut ein halbes Jahr. Bei Helga ist an Urlaub gar nicht zu denken. Der Konsumvorstand schickt sie neben der Büroarbeit tage-, nächte- auch monatelang als Aushilfe nach Potsdam zum Bezirksverband und auf die Dörfer zu Sonderverkauf, Heimatfest und Übernahme eines Dorfkonsums wegen Personalmangel.

„Am vergangenen Sonnabend war ich wieder mal zum Sonderverkauf (Industriewaren) in einem Dorf unserer KG und am Sonntag zum Heimatfest in Brieselang mit dem größten Teil der Kollegen der Verwaltung eingesetzt. Am Sonntag wurde von 9 bis 24 Uhr gearbeitet. Ich habe Brause und Bier verkauft." (7.6.1959)

„Ich bin zur Zeit im körperlichen Einsatz und habe eine Lebensmittel-Verkaufsstelle übernommen. Es ist ein kleiner, hübscher Laden, und ich ganz allein drin. Jetzt lerne ich den Unterschied zwischen Verkaufsstellenleiter und Verkäuferin so richtig kennen. Man muß sich durchsetzen und furchtbar aufpassen. Hoffentlich stimmt alles. Doch eins macht mir Sorgen, wenn ich daran denke, könnte ich weinen. Ich erfuhr heute, daß ich wahrscheinlich bis 29.7.59 in diesem Laden bleiben muß, weil die Kollegin zu dieser Zeit erst aus dem Krankenhaus kommt. Sie wollen sich Mühe geben und eine andere Kollegin dafür suchen. Ich habe unserem VV (Vorstandsvorsitzenden) geantwortet, daß ich ihm die Schlüssel auf den Tisch knalle, wenn er sich nicht darum kümmert. Was soll ich bloß machen, wenn ich wirklich bis 29.7. bleiben muß? ... Warum muß ich in dieser blöden Verkaufsstelle sein?" (29.6.1959)
„Da ich im Büro keine Vertretung habe, fahre ich am Anfang der Woche nach Ladenschluß hin und mache die Meldungen für den KGV ... Nun ist es schon wieder 23.10 Uhr, und ich muß noch Kittel bügeln und um 5.00 Uhr wieder aufstehen." (14.7.1959)

Alfred hat solche Arbeitsbelastungen in seinem KGV nicht und kann auch den Urlaub nach Helga richten. Er bereitet sich auf die Abschlußprüfungen in der Volkshochschule vor und erhält im Juli das Reifezeugnis. Davor kommt im Juni der Wohnungsumzug der sechsköpfigen Kaufmannsfamilie in die Stadt. Das Dorf hat zum Überleben der ostpreußischen Flüchtlinge aus Königsberg ausgedient.

Nach Alfreds Bewerbung zur Volksarmee machten sich beide Gedanken über mögliche Einsatzorte. „Strausberg und Potsdam, wie auch Falkensee sind Eingangstore von Berlin ... Es denkt an Dich Helga" (12.4.1959)

Die Zeitabstände ihrer Briefe werden immer kürzer. Sie bekennen sich Freundschaft zueinander. „Es ist für mich auch eine Freundschaft, die mich mit Dir ... verbindet." (Alfred am 8.3.1959) „Ich betrachte das Verhältnis zu Dir als eine wahre Freundschaft ... Bisher hatte ich zu keinem ein solches Vertrauen. Bei meinen Erlebnissen bis jetzt handelte es sich um Menschen, die völlig andere Interessen hatten, andere Einstellungen hatten und nur danach trachteten, etwas zu erleben." (Helga am 15.3.1959)

Sich zum anderen hingezogen fühlen sich Helga und Alfred auch nach den Spannungen zu Hause. „Mit meiner Mutter konnte ich nie richtig warm werden. Außerdem wußte ich genau, daß sie mich haßte und alles, was sie für mich tat, nur bessere Pflicht war. Sie haßte mich besonders, weil mein Vater und meine Verwandten einige Male zum Ausdruck brachten, daß ich das Ebenbild meiner leiblichen Mutter in allen Beziehungen bin. Dies sagte sie mir oft ins Gesicht. Davon habe ich meinen Vater nicht unterrichtet, sondern machte die Sache mit ihr ab." (Helga am 28.2.1959)

Unverstanden fühlt sich Alfred von seinen fürsorglichen Eltern. „Ich habe große Lust zu studieren und möchte Journalist werden. Dazu möchte ich das Abitur ablegen während meiner Militärdienstzeit (die Möglichkeiten bestehen) ... Meine Eltern halten von der ‚brotlosen Kunst' nichts." (Alfred am 8.2.1959)
„Über meine jetzige Beschäftigung und die Lehrzeit unterhalten wir uns immer in einem scherzhaft-zynischen Ton. Es ist schwer auszudrücken, wie diese Unterhaltungen verlaufen." (Alfred am 22.2.1959)

„Ein Außenstehender mag mein Streben nicht verstehen. Aber mein heißester Wunsch ist es seit meiner Lehrzeit, zu studieren. (...) Auch sehne ich mich nach Menschen, nach einem Freundeskreis, in dem man sich über Kunst und Literatur und alles andere unterhalten kann." (Alfred am 31.5.1959)

Die verständnisvolle Helga hält an ihrem Ziel fest, dem „Deutschen Innen- und Außenhandel, wo viel mehr junge Menschen sind, wo man während der Arbeitszeit die Möglichkeit hat, Sprachen zu lernen ... Ich versuche es trotzdem weiter und werde in der Zwischenzeit mehr das Maschineschreiben und Englisch lernen. (...) Du wußtest gleich Deine Linie, während ich so eingeschüchtert und unsicher war." (Helga am 29.6.1959)
Darum legt Helga Wert auf Alfreds Rat und verwirft die Fachschulen für Planung und Statistik in Plauen und Blankenburg.

Die Briefe werden immer länger und Helgas Nächte dadurch immer kürzer. Alles dreht sich um Zukunfts-

pläne und den von Helgas Seite erkämpften Urlaub im August.
Unbefangen und arglos werden Politik, Kunst und Literatur gestreift. In dem Film „Das Mädchen Rosemarie" sieht Alfred die Moral im christlichen Abendland durchleuchtet und möchte mit Helga auch nach Westberlin fahren. An den Westberlinbummel denkt Helga zuerst, „weil Du, wenn Du bei der NVA bist, Westberlin nicht berühren darfst". Während der Genfer Konferenz der Außenminister verliert Alfred die Hoffnung auf ein einiges Deutschland. „Wenn man die Kommentare von SPD-Sprechern hört, so kann man kaum an die Einheit Deutschlands glauben." (Alfred am 21.6.1959)

Wegweisend für die eigene Lebenswirklichkeit sind ihnen schöngeistige Bücher. „Ganz schlimm begeistert" ist Helga von Heinrich Alexander Stolls Roman „Der Traum von Troja". Alfred kennt das Buch auch und schreibt:

„Solcherart Bücher, wie ‚Der Traum von Troja', haben mir schon oft den Kopf verdreht … Es ist ein wertvolles Buch und gehört zu meinem kleinen Bücherbestand – ein Geschenk meiner Eltern. Wenn man mehrere Sprachen beherrscht, kann man sich ruhig ins Ausland wagen. Was es doch für willensstarke Menschen gibt wie diesen Schliemann. Ich wünschte, soviel übernatürliche Energie zu besitzen. (…)
Ich freue mich schon auf den Abgang. Doch vorher wollen wir gemeinsam den Urlaub verleben. Wie gefällt Dir dieses Zitat?

Leicht ist das Leben für keinen von uns.
Doch was nützt das,
man muß Ausdauer haben
und vor allem Vertrauen zu sich selbst.
Man muß daran glauben,
für eine bestimmte Sache begabt zu sein,
und diese Sache muß man erreichen,
koste es, was es wolle.

(Studentin Marie Sklodowska)

Es ist aus der Lebensbeschreibung ‚Madam Curie' von Eve Curie.
In Freundschaft Alfred" (20.7.1959)

„Das Zitat gefällt mir so gut, daß ich es in meine Sammlung aufnahm", schreibt Helga am 28. Juli.
In diesem letzten Brief vor dem Urlaub dreht sich alles um dessen Ermöglichung und Vorbereitung. „Du kannst gern am 6.8. kommen, wenn Du willst. Ich habe Dir ein Zimmer besorgt ..."
(Helga am 28.7.1959)

„Wer lernt die Vokabeln nicht? Wer spielt Skat im Englischunterricht? Der Charlie Brown, der ist ein Clown ..." Drei Schuljungen trällern den Schlager aus vollem Halse am Tunnel, als Alfred den Bahnhof Falkensee verlässt. Er ist hier in drei Stunden mit Helga verabredet, die ja noch zwei Tage arbeiten muss. Das lebendige Treiben am vorrückenden Sommernachmittag nimmt Alfred gefangen. Ständig fahren S-Bahnen ein und aus. Ihr an- und abschwellender Singsang schwebt über dem Menschengewimmel. Aus einer nach Karbolineum riechenden braunen Bretterbude wird Bier ausgeschenkt. Männer prosten sich zu und erörtern lauthals berlinerisch die Punktspiele der Fußballbundesliga. Über den Bahnübergang preschen voll besetzte Busse. Wohin mögen die Leute nach Feierabend noch fahren? Nach Spandau ins Kino. Das und noch viel mehr wird Helga ihrem Gast erklären. Ganz unwissend ist man ostwärts nicht. Schließlich gibt's vom Westen Rundfunk- und Fernsehempfang.

Nun ist Alfred vor Ort. Aus dem nächsten einfahrenden Nauener Zug eilt ihm Helga entgegen, drückt ihm die Hand und ist sogleich wieder verschwunden, um ihr Fahrrad aus der Aufbewahrung zu holen. Er führt ihr Rad mit seinem Gepäck, und so schlendern sie durch die Bahnhofstraße. Ist es wirklich schon über ein Jahr her, als sie in Dresden Helgas Koffer aufgaben? An Vorgärten entlang folgen sie der nächsten Straße, die einen Platz mit mickerigen Blumenrabatten teilt, zu beiden Seiten überragt von einer plumpen Skulptur – den Büsten von Lenin und Stalin. Alfred kann sich gar nicht beruhigen, dass Stalin hier noch anzutreffen ist. Jetzt übernimmt Helga auf dem Heimweg die Ortsführung. Sie erzählt:

„Das ist der Platz der ‚Gipsköppe'. Um die kümmert sich keiner. Im Rathaus fehlt der Bürgermeister. Mehrere flüchteten bereits nach dem Westen. Der letzte, besagen Gerüchte, soll im Lager Marienfelde nachts von vermummten geflohenen Mitbürgern gemein verprügelt worden sein. Jeden Tag setzen sich Leute ab. Die Schulen haben keine Lehrer, das Krankenhaus keine Ärzte, Betriebe und Verwaltungen keine Leiter. Ersatz kommt aus Sachsen und Thüringen."

Die größte Gemeinde Europas sieht gepflegt aus. Frische Anstriche der Zäune, Türen und Fenster, farbenprächtige Blumenstauden fallen dem Zugereisten auf.

„Alles, was hier nicht zu haben ist", erklärt Helga, „holen sich die Bewohner aus Westberlin. Unser bisschen Industrieware hält der Konsum dann noch für Sonderverkäufe zurück. Keinen Kilometer weiter beginnt Spandau. Das Randgebiet lebt von Berlin. Die Orte im Gürtel sind durch die Berliner Laubenpieper entstanden. Aus der Laube wurde ein festes Haus. Mein Vater kaufte unser Anwesen von einem Berliner Justizbeamten."

Fast am Ende des Krummen Buschwegs sind sie am Ziel, die Zootzener Straße 21. Ein Eckgrundstück, sichtlich unbehütet: Farbe blättert, wucherndes Unkraut am Zaun, aber Obstbäume voller Früchte und versteckte kleine Gemüsebeete hinter hohem Gras. Helga deutet auf das Giebelfenster mit Balkon über dem Erker, ihr Zuhause. Es sollte auch Alfreds Zuhause werden. Doch die Zeit ließ das auf Dauer nicht zu.

Das Abendessen während der zwölf Jahresurlaubstage zelebrierten sie in dem bescheidenen Zimmer, zubereitet in der provisorischen Küche mit den Vitamingaben des Gartens.

Der zweite Besuchstag ist noch ohne sein Mädchen zu überstehen, die Nächte im Hotel und Restaurant „Zum Eichenkranz" sowieso. Etwas abenteuerlich kommt Alfred die erste Nacht in dem geschlossenen Gasthaus vor, denn er belegt als einziger Gast ein eingebettetes

Zimmer im ersten Stock des menschenleeren Gebäudes. Wie die Planungsleiterin diese außergewöhnliche Zimmerreservierung geregelt hat, ist nicht zur Sprache gekommen.

Den Ortsteil Finkenkrug der Großgemeinde nimmt Alfred per Rad allein in Augenschein. Am Bahnhof fällt das breit ausladende Wirtshaus „Zu den vier Jahreszeiten" auf, das groß zum „Schwoof in der Sommernacht" einlädt. Der Radler genießt die Gartenparadiese bis Dallgow. Auf der F5 kommt ihm die Idee, bis Nauen zu fahren, um Helga vor ihrem Büro in der Hertefelder Straße zu überraschen.

In Höhe Döberitz wird Alfred von einem Soldaten der Sowjetarmee mit umgehängter Maschinenpistole gestoppt. Er kontrolliert den Personalausweis. Das Passbild gefällt ihm nicht. Er radebrecht Deutsch, der Ausweis sei ungültig, weil das Foto ein Kind und nicht den Ausweisinhaber zeige. Tatsächlich ist dies das Passbild des Vierzehnjährigen im Konfirmandenanzug. Er darf passieren. Die Russenkasernen nehmen kein Ende und vielleicht die Kontrollposten auch nicht. Das Ganze verunsichert und verstimmt den Ausflügler. Also kehrt er um und versinkt in Nachdenken über die deutschen Zustände. Wo bleibt da die viel gepriesene „Souveränität"?

Endlich haben die Berlinerin und ihr norddeutscher Freund zehn Sommertage nur für sich: auf den Havelwiesen in Caputh, in Potsdam auf der Freundschaftsinsel und in Sanssouci, in Berlin Unter den Linden und auf dem Kurfürstendamm. Auf der S-Bahn-Fahrt nach Potsdam erlebt Alfred das erste Mal

die Zugkontrollen der Vopos (Volkspolizisten), die Lautsprecherdurchsagen „Sie verlassen das Territorium …, den Demokratischen Sektor von Berlin" und den S-Bahnhof Westkreuz mit Neugier und stummem Staunen.
Die Eindrücke sind gegensätzlich und verwirren. Eben noch der bunte, lebendige Westbahnhof, nun die Fassade des ausgebrannten Potsdamer Stadtschlosses, an der die Straßenbahn vorbeiholpert. Von der Langen Brücke erblicken sie über den Dächern der Stadt den Turmstumpf der Garnisonkirche.
Der Bootsverleih auf der Freundschaftsinsel hat für diesen Tag alle Boote vergeben. Es bleibt bei der Rast auf den Steinen an der Havel mit Helgas Proviant und stundenlangem Plaudern. Die Zwei verlangte es nur noch nach des Anderen Gegenwart. Die Nähe spüren, die Blicke ungehemmt gleiten lassen und liebevolle ebenso aufnehmen; von den Lippen ablesen, wovon der Mund aus vollem Herzen übergeht; Verborgenes von der Seele reden, im Vertrauen loslassen und sich freimachen. Das ist ihnen Glücks genug an diesem Tag, der Alfred die Zeit der Zerrissenheit vor Augen führt und Helga die Trennung von ihrer Familie vergegenwärtigt.

Warum sie den Eltern nicht nach dem Westen gefolgt ist, fasst sie zum ersten Mal in Worte. „Ich traf mich noch einmal mit meinen Eltern in Marienfelde auf der Straße. Wir haben kaum miteinander gesprochen und nur geweint. Danach sollte mein Onkel aus Kreuzberg, offenbar im Auftrag meines Vaters, mir den Westen schmackhaft machen. Doch seine Lebensverhältnisse sind wahrlich keine Werbung für den Westen. In seinem gemieteten möblierten Zimmer steht sein Fahrrad, und meine mitgebrachten Äpfel lagern in einer Zimmerecke auf dem Fußboden.

Mein erstes Gefühl nach deren Flucht war, endlich frei sein ohne den täglichen Streit mit meiner Mutter und die Prügel und Ohrfeigen meines Vaters. Nach Dresden war ich einen Tag früher von zu Hause weg, weil er mir so eine getachtelt hatte, daß ich unter den Tisch rutschte. Ich will nicht mehr zu meinen Eltern. Und wenn ich sehe, wie mein Onkel lebt, ist mir ein Neuanfang drüben zu unsicher. Hier bin ich anerkannt bei meinen Kollegen, habe ich meine Freundinnen. Außerdem ist da noch mein Opa. Er fühlt sich von seinem Sohn hintergangen und will nicht mehr weg."

Erstmals offen bekennt auch Alfred den wahren Grund für seinen freiwilligen Wehrdienst – Loslösung von den Eltern, die Befreiung von der Bevormundung: „Eine Rolle spielt der militärische Einschlag meines Vaters. Für ihn ist der erst ein Mann, der beim Militär gedient hat. Den letzten Anstoß gab der Werbungsversuch des Vorstandsvorsitzenden im KGV für die Betriebskampfgruppe. Die Genossen Leiter selbst wollen keine Kämpfer stellen, drücken sich mit ärztlichen Attesten und schicken Jüngere wie mich zur Auffüllung ihrer Reihen vor. In Dresden sah ich auf den Elbwiesen die Nahkampfübungen der Dickbäuche. Nein, dann lieber gleich die militärische Grundausbildung. Irgendwann kommt auch hier die Wehrpflicht."

Den nächsten Tag früh wird ein Boot für den ganzen Tag gemietet und auf der Havel bis zum Templiner See gepaddelt, vom Boot aus geschwommen, sich gesonnt und mit Alfreds Klappkamera „Zeiss-Ikon" geknipst.

Bilder machen sie von sich auf ihren Tagestouren in Sanssouci: Helga auf der Freitreppe und vor der Venus im Rondell an der Großen Fontäne, Alfred vor Juno; Unter den Linden: Helga im Torbogen des Zeughauses und Alfred vor der Tafel des Museums für deutsche Geschichte.
Vor dem Brandenburger Tor bleibt die Kamera vorsichtshalber zugeklappt. Nach Helgas Erklärung, dass man einfach so durch das Tor gehen kann, spazieren sie Hand in Hand bis zur Siegessäule. Die Goldelse heißt sie willkommen. Panzer und Kanonen des sowjetischen Siegesmals im britischen Sektor verwirren.

Der Kurfürstendamm zu spätabendlicher Stunde verzaubert die aus dem Zwielicht des Bahnhofs Zoo in den Lichterglanz Eintauchenden. Lachend und scherzend schweben sie die Straßencafés entlang, betört von den orientalischen Düften und dem babylonischen Sprachengewirr. Sie kommen sich wie im Wunderland vor, dessen Zauber auch wirkt und das Pärchen sich seitdem bei den Händen hält. Helga drückt Alfreds Hand im Takt der Musik in der Luft, wiegt ihren Kopf. Der Impuls durchströmt ihren Begleiter.

„Die Zeit ist reif", Arnold Zweig mit Widmung „Zu Deinem 19. Geburtstag als Andenken von Helga". Alfred blättert beim Frühstück auf dem sonnigen Balkon in dem Leinenband. „Ich kenn nur den ‚Grischa'. Gehört dieser Roman nicht auch zu Zweigs Kriegszyklus?"
„Ja, es ist eine Liebesgeschichte der Studentin Leonore und ihrem Werner", lächelt Helga.

„So, so", blinzelt Alfred zurück. „Die muss ich mir bald vornehmen."Er liest ein bisschen von hinten und laut das Dialogende:
„Was dieses Jungvolk auf sich genommen hat …"
„Das Leben, … unsere Zeit."
Im „Café Bober" schlägt das Geburtstagskind vor, eine Flasche Wein für den Abend mitzunehmen. Dies möchte Helga nicht. So übt sich Alfred in Geduld und wälzt sich in den wenigen verbleibenden Nachtstunden im Hotelbett des Spukschlosses „Eichenkranz".

Eine letzte Westfahrt nach Spandau dient der Unterweisung im Einkaufen. Helga kauft an einem Stand auf dem Bahnhofsvorplatz ein Paar Nylonstrümpfe, damit der ungläubige Alfred sieht, wie das geht mit Ostgeld. Vergeblich redet sie dem Fachverkäufer Textil zu, sich den begehrten Anzug ohne Revers aus Reit-Cord zu holen. Seine getragene Hose müsste er allerdings opfern. Die komme wie alle aus dem Anzug getrennten Etiketten in den nächsten Papierkorb. Dieses Gebaren hält sie im Stillen typisch für die Provinz, etwas zu weit ab von der Hauptstadt.

In ihrem Mädchenzimmer in der Zootzener Straße 21 schwärmt Helga von dem Wissen und dem Bildungsstreben ihres Alfred.
„Bist Du schlau!", entfährt es ihr, als er von der Lust am Schreiben und zum Germanistikstudium fantasiert. Angesteckt von seinen Zukunftsspinnereien, will sie wie er die Mittlere Reife in der Abendschule nachholen, über den DIA zur Handelshochschule oder zum Dolmetscherinstitut.

Beim Abschied Händchenhalten bis zur letzten Mahnung des Schaffners. Alfred sieht sich fest an Helgas schönem Gesicht, an dessen Helligkeit von innen, einer Landschaft im Licht der aufgehenden Sonne.

Wieder getrennt, brechen alle Dämme – in Briefen.
„Dein Bild hatte ich in die Akten gesteckt, um Dich ab und zu ungestört sehen zu können. Jetzt liegt es beim Fotograf zur Vergrößerung ... Ich liebe und verehre Dich. Dein Alfred"

„Deinen Brief habe ich schon 4 x gelesen. In Potsdam an der Havel dachte ich noch, ob es wohl jemals wahr wird oder nur ein Traum von meiner Seite ist. Ich fühle mich immer so geborgen; ich liebe Dich. Deine Helga"

„Am 14.10.59 bin ich unterwegs zur Dienststelle der NVA, aber nach Pasewalk ... Rosig ist das alles nicht mit uns beiden. Nachdem wir uns richtig kennengelernt haben, folgt nun eine zerrissene, ungewisse Zeit. (...) Stallberg liegt noch zehn Kilometer von Pasewalk entfernt. Es ist hier eine gottverlassene Gegend. Mit VHS-Studium ist hier gar nichts zu machen.
Leb' wohl, ich küsse Dein Bild und erwarte Deinen Brief mit großer Sehnsucht. Dein Alfred"

„Ehrlich gesagt, hatte ich etwas Hoffnung, daß Du in die Umgebung von Berlin kommst. Damit möchte ich Dir aber keinen Vorwurf machen, denn Du kannst nichts dafür. Pasewalk suchte ich auf der Karte. Es ist immerhin eine schöne Entfernung von hier. Mußt Du dort die ganze Zeit bleiben? Uns wird es nicht leichtgemacht, aber gerade das – ist die Kunst. Wir müssen wissen, was wir wollen."

Noch schwerer wird es ihnen gemacht durch das Berlinverbot für Armeeangehörige wegen der Fahnenfluchten. Der Armeeurlauber muss nach Falkensee Umwege fahren, auf den letzten Fernbahnhöfen vor Berlin in Nahverkehrszüge umsteigen. Sein „verlängerter Wochenendurlaub" geht von Freitag nach Dienst bis Dienstag zum Dienst. Darum probiert er alle möglichen Fahrstrecken aus, um Zeit für seine Helga zu gewinnen. Dies misslingt gründlich. Jedes Mal liegt er nach Mitternacht über drei Stunden auf Bahnhofsbänken in Kremmen, Velten, Nauen, Hennigsdorf oder Brieselang, weil der Anschluss nicht klappt. Mit dem ersten Frühzug und einer halben Stunde Fußweg hat er gegen vier Uhr Mühe, Helga wachzuklingeln. Bleiern müde bleibt sie im Halbschlaf, denn um ein Uhr war sie am Bahnhof, weil Alfred eine günstigere Fahrverbindung schrieb, ohne an die dauernden Verspätungen zu denken.

So sind die Begegnungen nach dem Sommer ein schweigendes Umklammern und Aneinanderschmiegen unter dem warmen Deckbett, Einssein in einem Kokon, der schützt, auch vor der Kälte der Jahreszeit. „Ich denke an jede Stunde der vergangenen gemeinsamen Tage. (…) Du warst so unbedrückt und froh. Reizend, wie Du Dich ins Bettchen heben ließest. Tun Dir die Arme noch weh? Du hattest mich des Nachts so fest umarmt."

„Morgens, als ich mich von Dir verabschieden mußte, peste ich zum Bahnhof und bekam noch den Zug. Im

Zug stand ich vor mich hinträumend. Das Klirren der Fensterscheiben störte mich. Ich sah hinaus, überlegte immerzu und ärgerte mich, daß ich arbeiten fahren muß, während Du Urlaub für so kurze Zeit hast ... Unten in Nauen angelangt, erblickte ich unseren VV, der wie angestochen raste. Mein Glück, daß ich nicht den Zug verpaßte. Er begrüßte mich mit allerlei Aufträgen, wobei er mich irgendwie betrachtete und bemerkte, daß ich abwesend bin. Ich mußte innerlich lachen. Meine Kolleginnen meinten, daß ich so anders aussehe und so träumerisch bin. Ich hätte nach ihrer Meinung was Schönes erlebt. Bei der Arbeit war ich überhaupt nicht – ich dachte dauernd an Dich. Den ganzen Tag freute ich mich auf den Feierabend. Zu Hause angekommen, (Schule ist ausgefallen, weil nur drei da waren), fand ich alles so ordentlich vor. Zuerst stürzte ich mich auf Deinen lieben, süßen Brief. Du bist ein Prachtkerl – wirklich ganz ehrlich gesagt!!! Das Zimmer ist jetzt noch herrlich warm. Du hast Dich so abgemüht und abgewaschen ... Ich mache mir Vorwürfe, daß ich am Sonntag nicht gekocht habe. Nicht so auffassen wie Entschuldigung und so. Dann hast Du auch noch Heizung raufgeholt. Ich weiß gar nicht, was ich sagen soll. Mit Dir zu leben und zu arbeiten, stelle ich mir wunderbar vor ...
Was ich nie zu sagen wagte, über das sprach ich mit Dir. Wir waren so dicht beieinander. Ich hätte es mir nie so schön vorgestellt, wie es war. Die beiden Tage werde ich nie vergessen. Wie zerknirscht kam ich nachts vom Bahnhof, als Du nicht da warst, doch groß, sehr groß war die Freude, als Du morgens an meinem Bett warst. Doch die Zeit verging viel zu schnell ... Glaube mir, ich liebe Dich unbeschreiblich.

Zum ersten Mal lernte ich kennen, wie schön es ist, wenn es Liebe gibt."

„Meine liebe kleine Süße! Eine Stunde bleibt mir noch, die mir so über alles liebgewordene Atmosphäre Deiner ‚vier Wände' zu genießen ... Heute morgen ging alles so schnell. Die Zeit läuft weiter; sie verlängert auch die glücklichsten Zeiten nicht. So werde ich in wenigen Minuten auch dieses liebliche Heim verlassen müssen, in dem ich mit Dir zwei Tage lang nur von der Liebe lebte ... Uns kann nichts mehr voneinander trennen. Meine Liebe zu Dir ist stark und unerschütterlich!!! Ich küsse Dich und fühle die schönen Reize Deines Körpers. Dein ‚kopfloser' Alfred"

Die zweite Julihälfte 1960 ist der Wetterzug in Großwudicke bei Rathenow und bedient ein Artillerieschießen auf dem Truppenübungsplatz Klietz. An einem dienstfreien Sonntag setzt sich Alfred ohne Genehmigung und Urlaubsschein in den Personenzug nach Berlin, fährt über Rathenow bis Dallgow und läuft von dort die ihm vertrauten Wege zu seiner Helga. Die Fahrt hätte für ihn ein böses Ende nehmen können durch die Militärstreife, die in Rathenow zusteigt. Not macht erfinderisch. Als der Zug auf dem Bahnhof Wustermark länger hält, die Streife auf dem Bahnsteig eine Pause macht, steigt der Kanonier in Ausgangsuniform aus dem vorderen Teil des Zuges und bewegt sich forschen Schrittes an der Streife vorbei zu den kontrollierten hinteren Zugwagen.

Als Alfred Anfang Oktober zum Manöver wieder in dem Dorf ist, begeht Helga eine kleinere Disziplinlosigkeit. „Für mich war das klar, daß ich nach Wudicke komme. Bloß hatte ich etwas Angst, es könnte einer im Büro was merken, weil ich doch früher abgehauen bin. Du glaubst bestimmt nicht, wozu ich fähig wäre, wenn ich wüßte, Du bist irgendwo in der Nähe. Ich bin nicht imstande, meine Liebe zu Dir in solche Worte zu kleiden, wie Du es wunderbar kannst, trotzdem glaube ich, Dir es bewiesen zu haben, wie lieb ich Dich habe."

Die Liebe zu dem Soldaten wird der jungen Kollegin schwergemacht. Das bekommt sie auf Feiern und Betriebsfesten zu spüren. „Im Büro wurde anläßlich des Frauentages gefeiert. Als es schlimm wurde, verzog ich mich. Das Betriebsfest war einmal anders als sonst. Das Kulturprogramm der Deutschen Gastspieldirektion … hat mir wunderbar gefallen. Doch was kam dann? Wie immer tanzen und trinken. Der Verkaufsstellenleiter war auch wieder da. Das ganze Volk lästerte wie immer. Er selbst wollte sich am Sonntag danach mit mir verabreden. Ich sagte natürlich ab. Ich würde es gar nicht fertigbringen. Daran siehst Du, wie ich Dich liebe. Im Büro habe ich nichts zu lachen. Tagelang höre ich schon dasselbe. Warum ich mit dem nicht gehe, was ich noch mehr will, ich sollte nicht alles glauben, was Du schreibst, ich würde nicht sehen, was Du tust, ich würde meine schöne Zeit verplempern und was weiß ich noch alles. Wenn man dies und mehr Tag für Tag hört, so denkt man doch etwas darüber nach. Ich traue Dir nichts Schlechtes zu, doch wenn etwas ist, sage es bitte ehrlich, aber ich glaube, ich würde wahnsinnig werden. Du mein lieber Alfred, Dich habe ich so lieb. Was wirst Du denken, wenn Du dies liest. Ich kann nicht anders; ich muß Dir alles schreiben. Heute bin ich richtig durcheinander …

Ich habe solche Sehnsucht nach Dir. Es wird immer schlimmer."

Die Zeit kennt keine Schonung für dieses Menschenleben. So lesen sich manche Sätze wie Hilferufe. „Weißt Du, ich bin des Alleinseins beinahe müde ... Das wirst Du sicher merken – wie ich bin, wenn Du hier bist und wieder weg mußt. Ich könnte Dich wie ein kleines Kind seine Mutter immerzu umklammern."

Eltern und Verwandte setzen der im Osten Gebliebenen zu. Der Vater in Hessen trommelt über den Onkel in Westberlin, sie solle nachkommen. Tanten in Stahnsdorf und Eichwalde werfen Spitzen, warum sie denn noch hier sei. Der Halbbruder mit Frau und Kind im Ort „macht rüber", ohne ihr was zu sagen. Dafür muss sie sich noch rechtfertigen.

Der Vorstandsvorsitzende (VV) der Einzelhandelsgenossenschaft nutzt seine zuverlässige Stütze rücksichtslos aus: Verkaufseinsätze auf Heimatfesten und an Adventssonntagen, einspringen für geflohene Verkaufsstellenleiter, zusätzliche Unterstützung der Fachreferentinnen beim Wareneinkauf („So grasten wir am Freitag ganz Berlin ab – besonders sowjetische Magazine – weil wir zusätzliche Ware kaufen müssen, um die Pläne zu erfüllen."), zum Quartalsabschluss Überstunden und Wochenendarbeit, dazu noch die Wahlen zu den Verkaufsstellenausschüssen, Ernteeinsätze auf den Feldern und sogar Werbeaktionen für Landwirtschaftliche Produktionsgenossenschaften (LPG).

„Nachdem wir einige Male Bauern für die LPG werben waren – bei weitem nicht nur wir, sondern alle mußten mithelfen – hat sich hier im Kreis Nauen eine ganz neue Situation ergeben. Viele erklärten ihren Eintritt und türmten dann über Nacht. ... Alle Büros müssen aus Sicherheitsgründen besetzt sein. Heute habe ich bis 22.00 Uhr Dienst. ... Bei der Werbung selbst wurden wir nicht gut behandelt. Entweder wurden die Türen verschlossen, oder wir wurden vom Hof gejagt. Bei manchen wurde im Stall stundenlang diskutiert. Einzelheiten erzähle ich Dir lieber. All dieser ganze Kram und noch die Arbeit bringt einen völlig durcheinander und dann auch privat."

Eine andere Art von Werbung haben die an die ideologische Fronten Geratenen selbst zu durchstehen – die Werbung für den Eintritt in die Sozialistische Einheitspartei Deutschlands (SED).
Eine Dreiviertelstunde redet der Politoffizier auf den Gefreiten ein und erreicht nichts. „Innerlich habe ich überhaupt nicht die geringste Absicht einzutreten. Im Grunde habe ich eine gewisse Abneigung gegenüber der Partei. ... Ich lese das ‚Neue Deutschland' ausgiebig und finde Widersprüche in unserer Innenpolitik, die ich innerlich nicht hinnehmen kann. Ich will kein Mitläufer sein, wie so viele Parteimitglieder ..."

Helga stimmt Alfred zu: „Du hast ganz richtig getan ... Wir werden uns mal richtig darüber unterhalten. Ich habe viele Beispiele." Das Antragsformular gibt die Planerin ihrem VV unausgefüllt zurück.

Damit ist die Werbung für die Partei nicht vom Tisch und muss bei der Suche nach Studienmöglichkeiten berücksichtigt werden. Somit fällt die Dolmetscherschule in Leipzig weg, denn Alfred meint: „Die politische Überzeugung wird das A und O sein. Wenn man da anders diskutiert, so kriegt man bestimmt allerhand vorgesetzt."

Da Helgas Abendschule mit der Reifeprüfung und Alfreds Dienstzeit gleichzeitig enden, wollen sie gemeinsam einen Abiturkurs an einer Arbeiter-und-Bauern-Fakultät (ABF) belegen. Bei den Erwägungen der Studienfächer – Helga Fremdsprachen, Alfred Germanistik – entschließen sie sich zu einem gemeinsamen Lehrerstudium Germanistik/Slawistik an der PH Potsdam. Hier erhalten sie ein höheres Stipendium mit einem Zuschlag für Produktionsarbeiter und Ehepaare. Hinzu kommt die Nähe zu ihrem Studierzimmer in Falkensee. Helga schwärmt zur Nachtzeit im Brief: „Stell' Dir vor, es würde so sein, wie wir es uns denken: Zimmer, Garten, Abitur, Studium, Akkordeon. Ich würde Dir um den Hals fallen."

Stallberg, den 7.3.1961

Mein liebes, gutes Mädchen!
Bis Ostern sind es noch dreieinhalb Wochen. Das kann man noch überstehen. Von da an sind es noch dreieinhalb Monate bis zu meinem und Deinem Etappenziel. Du mußt versuchen, Süße, Dir mehr Zeit zum Lernen zu lassen. Ich weiß ja, was Du mir entgegnest. Wenn der elterliche Besuch nicht gewesen wäre, hätten wir bestimmt auch gelernt. Wir wollten doch noch Matheaufgaben rechnen, fällt mir ein. Aber der Schrank und alle anderen Utensilien von mir sind jetzt

wenigstens bei uns. Ach, hätte ich auch täglich Dinge von Dir um mich.
Morgen werde ich meinen Eltern etwas ausführlich unsere Gedanken schreiben. Ostern wird dann alles noch einmal durchgesprochen. Ich möchte an Festtagen, wie Ostern, Pfingsten oder Weihnachten mal mit Dir allein sein ... Im Mai will ich zehn Tage bei Dir sein. Vielleicht kann ich Dir für die Abschlußprüfung helfen. In Zukunft werden wir getrennt schlafen, ich auf der Luftmatratze und Du auf der Couch ...Wir haben ja alle Vorsicht walten lassen ... Du meinst es gut mit mir, indem Du gar nicht an Dich selbst denkst ... Das ist symbolisch für Deine Liebe ... Die Rückfahrt war wie immer. Man ist traurig. Schreib' mir bald. Ich weiß ja, daß Du es machst, wie bisher die andertalb Jahre.
Dich innig küssend!!! Dein Alfred"

Der liebe, ganz liebe, liebste, allerliebste, herzensgute Alfred und süße Spatz hat gut schreiben, denn die liebe kleine Braut hat neben Arbeits- und Prüfungsdruck alle Vorbereitungen für die Hochzeit, Formalitäten und Beziehungspflege zur Schwiegerverwandtschaft zu übernehmen. Schon im Januar erwirbt sie einen Ferienscheck der Gewerkschaft auf ein Zweibettzimmer in Prerow auf dem Darß in der Zeit vom 14. bis 27. August – ihre „Hochzeitsreise". Die Sparkonten werden abgestimmt, Sporträder als erste Anschaffung über das Konsumfachgeschäft erstanden und die Ringe zeitig gekauft, weil echte Goldene fast nur noch gegen Abgabe von Altgold zu haben sind.

Im Mai sind die Ringe angefertigt, und die Glücklichen stecken sie sich gleich auf in Form einer stillen

Verlobung auf Helgas Balkon. „Meinen Ring betrachtend, freue ich mich sehr. Du weißt es ja. Übrigens ist er breiter als die, die meine Kolleginnen haben."

Im selben Monat bestehen die Verlobten das Aufnahmeverfahren in Potsdam. Wegen Helgas republikflüchtiger Familie legt der Direktor der Volkshochschule der Bewerbung seine Befürwortung bei. („Die VHS hat wohl noch was dazu getan und sie abgeschickt.")
Alfred nutzt den Waffendienst zu Helgas Schutz und schreibt aus der Kaserne an die ABF: „Mein ärztliches Attest möchte ich Ihnen heute nachreichen ... Der Regimentsarzt war eine geraume Zeit nicht anwesend ... Ich warte schon gespannt auf die Einladung zur Aufnahmeprüfung. Hierzu habe ich noch einen Wunsch. Meine Freundin gehört zu Ihren ersten Bewerbern. Fräulein Helga ... und ich, wir haben nicht nur das gleiche Ziel, Pädagogik zu studieren. Wir kennen uns bereits drei Jahre, und wir werden unser Leben fortan gemeinsam gestalten. Würden Sie unsere Bewerbungsunterlagen von diesem Gesichtspunkt aus bearbeiten?"

Ende Juni legt Helga erfolgreich ihre Reifeprüfung ab. „Ohne zu übertreiben oder zu schmeicheln: zu Deinem Zeugnis gratuliere ich. Du hast es Dir hart verdient. Ich küsse Dich so innig und denke an die beiden süßen Nächte", freut sich Alfred im Brief.

Vierzehn Tage später reist ein beschwipster Alfred zuerst nach Wismar zur Rückmeldung beim Wehrkreiskommando.

Von den Toren Berlins aus machen sich eine Studentin und ein Student in spe auf den Weg in die Hansestadt zur Vorbereitung ihrer Hochzeit.

In der unbändigen Freude nach schmerzvollem Warten fällt ihnen eine Mitteilung in Helgas letztem Brief vom 8. Juli völlig aus dem Gedächtnis: „Gestern schrieb ich Dir aus Nauen eine Karte. Auf der berichtete ich Dir kurz über das Wohnungsproblem. Heute bestätigte mir die Frau M., sie würden noch vor ihrem Urlaub, der im August beginnt, ziehen. Nun werden sie mit uns beginnen und uns Wohnungen über Wohnungen, wo andere raus wollen, zuweisen, damit die Familie reinziehen kann, die sich so nach unserer Wohnung reißt."

Die für eigensinnig gehaltene Dolmetschertochter erlebt ohne ihre Familie, ohne ihre wortbrüchige beste Freundin einen unbeschwerten Hochzeitstag in Alfreds Familienkreis, in dem sie sich längst wohlfühlt. („Du hast eine wirklich gute Mutter. Ihre Liebe zu Dir ist groß. So etwas kann ich leider nicht aufweisen. Ich bin in einer kalten Umgebung großgeworden nach dem achten Lebensjahr. Deshalb sei, wenn Du nach Hause kommst, nicht schlecht zu ihr.")
Zur Trauung im Rathaus fahren sie mit seinen Eltern im geliehenen Betriebswagen. Der Trauakt ohne Beiwerk vor der Beauftragten für Personenstandswesen des Rates der Stadt Wismar gerät dem Brautpaar zu einer unfreiwilligen Komik, weil die Standesamtsbeauftragte alle st-Laute hamburgisch als s und t artikuliert. Nach dem Posieren im Fotoatelier hält die ausgelassene Stimmung auch in der engen Wohnung im Hafenviertel an. Der Braut klingeln die Ohren, als

Alfreds Freund, Armeekamerad und Studiosus der Landwirtschaftswissenschaften, ihr beim Tanzen den Schlager „Molto bene" vorsingt.

Neun Tage später, es ist der 13. August 1961, sitzen die Jungverheirateten auf gepackten Koffern zur Urlaubsreise auf den Darß. Ungläubig hören sie die Nachrichten über die totale Abriegelung Westberlins mit Waffengewalt. Wer weiß, was da wirklich dran ist. Weit ab vom Schuss wollen sie endlich für sich sein.

Zwei Wochen leben sie von Liebe, Luft und Ostseewasser, eingenistet in einer kärglichen Dachkammer, entschwunden in den Dünen mit Folge einer „gebührenpflichtigen Verwarnung". Geborgen fühlen sich Adam und Eva in einer Sandburg des Weststrandes, suchen und finden das Paradies im Märchenwald. Ihre bescheidene Speisung in einem Vertragshaus stört nicht. Geistige Kost bieten Künstler und Kirche in Ahrenshoop auf dem Fischland, das Gerhart-Hauptmann-Haus auf Hiddensee und Unterhaltung die Rügenfestspiele. Ohne Radio, Fernsehen, Zeitungen und Telefon koppeln sich die Glückskinder auf der Insel der Seligen von der Zeit ab. Das sind ihre Flitterwochen.

Das Liebesgeflüster übertönen die Todesschüsse in Berlin. Hindernisse und Feindseligkeiten tun sich den Unverdrossenen auf. „Was nun? Als erstes wollte ich Dich meinem Onkel in Westberlin vorstellen. Er versteht mich, ihm vertraue ich."
„Unsere tägliche S-Bahn-Fahrt zur Hochschule fällt aus. Aus dem Liebesnest von meiner kleinen braunen

Frau wird nun keine Studentenbude. Jetzt fällt mir erst wieder ein, dass Du aus der Zootzener 21 raus sollst."
„Ich mag gar nicht daran denken, was uns in Falkensee erwartet. Die haben mich überrumpelt. Über meinen Kopf hinweg sind Umzugspläne ausgeheckt worden, ohne etwas mit mir abzusprechen. Mir fehlte einfach die Zeit, mich auch noch darum zu kümmern."
„Ach, Schätzchen, mach' Dir keine Vorwürfe. Von jetzt an macht einer nichts mehr ohne den anderen. Du hast ja mich."

Alfred trocknet Tränen, und Helga, Tochter eines „Verräters und Verbrechers am Staat der Arbeiter und Bauern", hat ihren Mann, an den sie sich anlehnen kann.
Der Ort ihrer erblühten Liebe empfängt sie abweisend. Der verwaiste Bahnhof, die auf Militärlastwagen aufsitzenden Uniformierten, trauernde, verlassene Alte in welkenden Vorgärten sind Zeichen für einen tristen, verarmenden Grenzort.
Ein Frösteln schüttelt die junge Frau vor dem Haus ihrer Eltern, als sie die Wohnungszuweisung aus dem Briefkasten nimmt und neue Mieter sie mit stummen Vorwürfen beäugen. Also sieht es nach Wohnungsumzug in der verbleibenden einen Woche vor Studienbeginn aus.

Der Zettel der Abteilung Wohnraumlenkung ist von Helgas ehemaliger Kaderleiterin des Konsums unterschrieben, die ihr damals zu einem Heimplatz für den Großvater verhalf. Ein Trick, mit einem ärztlichen Attest für den vitalen alten Herrn einen Pflegeplatz zu ergattern. Die trickreiche Genossin nutzt das Vertrauen der ehemaligen Konsumkollegin aus und beruhigt diese mit einer etwas größeren Wohnung und mit dem Hinweis, dass das Einfamilienhaus ihrer Eltern einen pflegenden Mieter braucht.

Die neuen Hausbewohner lernen sie während des Umzugs kennen. Der besteht aus zwei Transporten mit einem Pferdefuhrwerk zwei Straßen weiter in das Haus der Genossin Köchin der Parteileitungskantine der Stadt. Als sie von der ersten Tour zurückkehren, trauen sie ihren Augen nicht. Sie finden ihre restliche Habe im Garten, zuvorderst im Gras den Aufsteller mit ihrem Hochzeitsbild. Sofort stürzt die alte Kuhschmidten (Sie hatte nach dem Krieg Kühe als Zugtiere.) auf den neuen Mieter, einen hageren, grauen Krauskopf, zu, nestelt aus ihrer Arbeitsjacke ein lappiges Heftchen hervor und hält es aufgeschlagen ihrem Gegenüber unter die Nase.
„Ich bin Mitglied der Partei wie Du. Als Genossin sage ich Dir, so kannst Du nicht mit unseren Menschen umspringen. Du schmeißt das junge Paar einfach raus. Na weißt Du!"
Der Genosse dröhnt, mit seiner Hakennase auf die Nachbargärten deutend. „Nur nicht so zimperlich. Es wird Zeit, dass in diesem Wohngebiet ein anderer Wind weht. Alles nur Verräter an unserem Staat wie dieser Hausbesitzer."
Da unterbricht ihn Alfred: „Wollen Sie die Sippenverfolgung einführen? Unsere Gesetze gestatten Ihre Handlungsweise nicht. Zum Nachbarn möchte ich Sie nicht haben."
„Mit ihnen spreche ich nicht, denn Sie sind hier nicht polizeilich gemeldet. Sehen Sie sich vor, junger Mann, Sie wissen nicht, mit wem sie sprechen."

„Ich lasse mich nicht von Ihnen einschüchtern. Wissen Sie, wir sind auch wer in diesem Staat."

In der Potsdamer Vorstudienanstalt geht es militärisch zu. Antreten mit „ABF Achtung!" – „Seien Sie sich immer bewusst", donnert der Direktor, „Sie studieren hier in der einstigen Brutstätte des deutschen Militarismus. Wir erwarten von ihnen als künftige sozialistische Lehrer zum sozialistischen Bekenntnis die Taten beim Aufbau unserer sozialistischen Gesellschaft."
So schütteten sie am ersten Wochenende im Nationalen Aufbauwerk (NAW) den Stadtkanal zu. Die Handvoll Genossen in der Seminargruppe bilden eine Ordnungsgruppe der Freien Deutschen Jugend (FDJ) und jagen an der Glienicker Brücke die Menschen weg, die ihren Angehörigen auf der Westseite zuwinken wollen. Zum Tag der Republik tritt die ABF auf dem nachtdunklen Platz vor dem Brandenburger Tor an, flankiert von Fackelträgern und uniformierten Kämpfern der Potsdamer Kampfgruppen, die ihre Karabinerkolben auf Exerzierbefehl auf das Pflaster knallen. Die Bemerkung eines denunzierten Kommilitonen, er komme sich vor wie beim Ku-Klux-Klan, reicht für die erste Exmatrikulation.

Unser Studentenehepaar hat Glück mit einem Internatszimmer. Der Glücksbringer ist der Hausmeister Ludwig im Studentenwohnheim „Obelisk" Schopenhauerstraße.
„Ihr seid doch ein Ehepaar. Ich wüsste ein Zimmer für euch. Seid doch nicht dumm."
Während seiner Erklärung machte er hinter Helgas Rücken das Zeichen des gestreckten Daumens zwischen gekrümmtem Zeige- und Mittelfinger. Wenn

das Stip mal nicht reicht, öffnet seine Frau ihre große Knipstasche mit den vielen Geldscheinen vor Helga und leiht großzügig. „Wie viel wollen Sie?"

Potsdam wird für fünf Jahre ihr Lebensmittelpunkt mit einem Studienalltag am und im Park Sanssouci. Sie gehen täglich den Wirtschaftsweg am Chinesischen Teehaus vorbei zur Hochschule in den historischen Communs hinter dem Neuen Palais. Lieblingsplatz zum Lernen ist der kleine Brunnen mit dem elysischen Hirten. Konzerte in der Bildergalerie, Opern- und Schauspielaufführungen im Hans-Otto-Theater mit den von den Potsdamern gefeierten Ute Reinsch, Henno Garduhn, Arno Wyzniewski, Hans Hardt-Hardtloff und Werner Senftleben. Filme im Kino „Obelisk" und im DEFA-Uraufführungskino Babelsberg, wo „Spur der Steine" vor dem Verbot gesehen wird, Kirchenkonzerte, Lesung mit Erwin Strittmatter im Audimax, Exkursion nach Weimar mit dem kompletten „Wallenstein" an zwei Theaterabenden, Tanz mit den sowjetischen Hospitalschwestern im hauseigenen Studentenklub und vor allem ein nächteraubendes Studienpensum drängen das verbarrikadierte Berlin und das ihnen verleidete Falkensee in den Hintergrund.

Während ihrer Radtouren nach Falkensee werden sie einmal von einem Grenzer gestoppt, weil sie im Halteverbot abgestiegen sind, um das Gepäck bei Helga zu richten. Dabei deutet Alfred auf die Straßenführung im Westen.
Mit Grenzposten haben sie nochmals zu tun bei einem Besuch der Tante in Stahnsdorf. Sie ist Gärtnerin auf dem Waldfriedhof, um dessen Wohnhaus der Grenz-

bereich erweitert wurde, was die Studenten nicht wussten.
„Geben Sie ihrem Herzen einen Stoß und lassen Sie meinen Besuch ausnahmsweise ohne Passierschein durch", bettelte die weinende Tante.
Der Doppelposten lehnt ab mit dem Hinweis, dass der nächste Posten in Sichtweite ihn verpfeife.

Helgas Westberliner Onkel lernt Alfred durch das Passierscheinabkommen 1963 kennen. Alle folgenden Abkommen werden zu Treffen in der Strelitzer Straße bei dem Ostberliner Freund des Onkels genutzt.
„Schönen Gruß von Deinem Schwiegervater. Du sollst nicht solche offenen Briefe schreiben. Die Staatssicherheit liest mit."
Der Onkel bekräftigt dies mit Berichten von geflüchteten Stasi-Opfern.

Ohne Scheu diskutiert Alfred in den Marxismus-Leninismus-Seminaren (ML). Die Seminarteilnehmer feixen, wenn Alfred sich meldet, weil die Ausführungen des Professors die restliche Seminarzeit ausfüllen. Mit den zyklischen Krisen des Kapitalismus verbindet der ML-Lehrer die Hoffnung auf eine sozialistische Wende durch die westdeutsche Arbeiterklasse, was zum Abbau der Spannungen und zur Lockerung des Grenzregimes führe. Der Frager bezweifelt den gesetzmäßigen Niedergang des westdeutschen Imperialismus und führt Lebensstandard und -niveau von Helgas Familie im Westen an. Am Ende wird das leider fehlende Krisenbewusstsein in der BRD eingestanden. Die Doktrin des Erstschlags bringt er von der Armee mit und löst Diskussionen über Angriffs- und Bruderkrieg aus. Uranabbau und Schiffbau für die

Sowjetunion, sozialistisches Lager mit oder ohne Jugoslawien und China sind weitere Themen, die nach Auffassung des Professors bei aller Kompliziertheit auf einen ungefestigten Klassenstandpunkt bei dem Diskutanten schließen lassen. Doch vor der Partei haben sie Ruhe, denn alle Hochschüler sind „Genossen ohne Parteibuch" für den Prorektor in der Uniform der Gesellschaft für Sport und Technik (GST), als er die angetretene PH ins GST-Lager Scheibe-Ahlsbach verabschiedet.

Das Wohnheimzimmer im „Obelisk" ist Rückzugsraum vor politischen Einsätzen. Dann sind sie nicht greifbar von Bornstedt aus, wo die Jungen, auch nicht vom Campus aus, wo die Mädchen wohnen. So ist das Duo oft nicht beteiligt an Agitationseinsätzen für den antifaschistischen Schutzwall, für die Einführung der Wehrpflicht, vor Wahlen, gegen das Westfernsehen, die Bonner Ultras und den feindlichen Vorposten Westberlin.

Pädagogische Buchhandlung, Landes- und Hochschulbibliothek, „Café Heider", Restaurant „Der Klosterkeller", Werner-Alfred-Bad, „Kosmetiksalon Charlotte Meentzen", der Park und ihr Faltboot im Bootshaus hinter der Langen Brücke gehören zu den tausend Gründen, warum die Zwei nie anzutreffen sind. Der Hausmeister spielt gerne mit bei Erkundungen nach seinen studentischen Wohnnachbarn.

Und den Liebenden ist anderes Leben geschenkt.
Denn sie alle, die Tag und Jahre der Sterne, sie waren
Diotima! Um uns innig und ewig vereint;
Aber wir, zufrieden gestellt, wie die liebenden Schwäne,
Wenn sie ruhen am See, oder, auf Wellen gewiegt,
Niedersehn in die Wasser, wo silberne Wolken sich spiegeln,
Und ätherisches Blau unter den Schiffenden wallt,
So auf Erden wandelten wir.
(Friedrich Hölderlin: Menons Klagen um Diotima)

„Die Liebe zwischen dem Dichter und seiner Diotima ist in diesem wunderbaren Naturbild festgehalten. Die liebenden Schwäne, wie sie sich schnäbeln und auf den Wellen gleiten oder am Ufer ruhen. Die liebenden Schwäne verschmelzen mit dem sie umgebenden Wasser, dem Himmelsblau und den Wolken."

Dies ist Helga die liebste Stelle in ihrer Spezialseminararbeit „Das Liebesmotiv in Hölderlins Lyrik" im Wintersemester 1964/65. Das den Liebenden geschenkte andere Leben ist ihr ganz gegenwärtig, denn die Liebenden dieser Feriensommer verschmelzen auf dem Großen Plessower See in Werder und in ihrem im Röhricht wiegenden Boot, „schnäbeln" sich im Zelt und im Garten am See.

1965 im zweiten Großen Schulpraktikum mit Prüfungsunterrichtsstunden in Falkensee ist die Befähigung zum Lehrerberuf erbracht. Eine weitere Bestätigung bekommt Helga am Jahresende in Form von Briefen ihrer Schülerinnen.
Die dreizehnjährige Hannelore will mit ihrer Gastlehrerin in Verbindung bleiben: „Ich vermisse Sie immer zu sehr!! Sie tun mir leid, daß Sie so viel Arbeit mit Ihren Prüfungen haben. Das Thema, welches Sie ha-

ben, finde ich gut. Was meinen Sie, wie ich mich gefreut habe, daß Sie nach Falkensee ziehen. Selbstverständlich werde ich Sie dann auch besuchen."

Das freudige Ereignis des ersten Jahres im Schuldienst ist in Helgas Briefen aus Valentinenhof vorauszusehen.
„Mein lieber Alfred! Heute, gleich nach dem Frühstück, kam der Arzt. Ich wurde als Dritte untersucht. Es ist alles in Ordnung. Das Baby liegt schon dicht unter dem Bauchnabel. (…) Man kann sich hier wirklich gut ausruhen. Wenn ich das lese, was Du über die Schule schreibst, wird mir nicht besser. Du hast recht, in einer Beziehung kann ich froh sein, daß ich hier bin. Rege Dich im Pädagogischen Rat bloß nicht auf, damit zieht man den kürzeren. Mach Dir keine Sorgen, unser Baby gedeiht. So, nun küsse ich meinen, lieben, süßen Mann, meinen Alfred! Deine kleine Frau, Deine Schnurzeline"

Die junge Lehrerfamilie bekommt keine größere Wohnung in Falkensee.
„Die sollen sich erst bewähren, denn der Vater der Lehrerin hat unseren Staat verraten", heißt es hinter der Tür des Ratsmitglieds für Wohnungswesen.
„Was, Sie erheben Anspruch auf das Haus Ihrer Eltern? Vergessen Sie nicht, dass Ihr Vater ein Verbrechen an unserem Land begangen hat", so die öffentliche Rechtsberatung.

Die Kraft der Liebe macht die Ruhelosen stärker als die Zeit. Die Liebe zum Kind wird von Lehrern dieser Zeit nicht erwartet, sondern die Erziehung zu „politisch-ideologischen Grundüberzeugungen". Vertrauen durch Liebe erwerben, Kindern dies vorleben. Diese Werte und Grundsätze, getragen von der Liebe zum Leben, verfechten Helga und Alfred.

Nacht der Offenbarung

In dieser Nacht zum 3. Oktober waren die Menschen einander nicht im Wege. Auf den Straßen und in den Bahnen Familien und Freunde in Gruppen, Hände, Arme und Schultern des anderen fassend, um sich nicht zu verlieren. Geduldig stehend und manchmal rückwärts tretend, um nicht zu drängen. Den Jungen war nach lautem Scherzen und Rufen. Fahnen und Ballons, das stille Lächeln in den Gesichtern umgaben uns. Helga untergehakt in der Mitte.
Reinhard spendierte Bier an einem der wie Schiffe umwogten Stände in der Allee Unter den Linden. Unseren Saale-Unstrut-Wein tranken wir in seiner Wohnung dann doch nicht mehr …
Im Schneckentempo ließen wir uns von der Menge durch das so lange gesperrte Tor zu dem verbotenen Platz tragen. „Alfred, Alfred", flüsterte mir Helga ins Ohr und drückte dabei kräftig meine Hand. Und ich wusste, sie war wie ich in diesem Augenblick beseelt von dem einen Gedanken, Arm in Arm durch das Brandenburger Tor zu gehen, wie vor dreißig Jahren, als Jungverliebte.
Zehn Minuten vor Mitternacht standen wir in einer Seitenstraße, nur den Fahnenmast und die im Halbkreis munter flatternden Fahnen der Bundesländer im Blick. Die Wappen der neuen versuchten wir uns zu erklären. Doch dann hing jeder seinen Gedanken nach.
In den zartblauen, von den Scheinwerfern nebelgestreiften Himmel folgte ich der getragenen Bläsermu-

sik. Das hatte etwas Befreiendes und berührte mich wie die Theatralik eines Revolutionsstücks über die großen Franzosen. Verhalten sangen wir mit den um uns Verharrenden die Nationalhymne. So etwas wie das Abfallen einer Last, Erleichterung, begleitete die aufsteigende Flagge. In das Feuerwerk und die Händelsche Festmusik mischen sich die entspannten Stimmen der Aufschauenden.

Niemand hatte es eilig in den ersten Stunden des Nationalfeiertages, der noch von den zwei Administrationen angesetzt worden war. Auch wir spazierten über den sich langsam leerenden Platz an dem klotzigen symbolträchtigen Gebäude vorbei, immer die Augen nach den riesigen Fahnen auf dessen rudimentären Ecktürmen wendend.

Tausende genossen den Blick und den Gang in die nun freien Straßen und Gassen in Richtung Osten. Gleichsam Neugier auf die Zukunft war dabei. Auch Angst?

Angst hatte unser Gastgeber. In der verlassenen Wohnung ließ er eine Leselampe brennen. Auf unserem Fußweg durch die schlaflose Stadt war ihm bange um wiederkehrendes Großmachtgebahren.

Warum hat er uns eigentlich eingeladen, frage ich mich. So weit kannte ich ihn aus zwei gemeinsamen Arbeitsjahren. Ihn wunderte es damals, dass mich der geteilte, verbaute und bewachte S-Bahnhof störte, den wir täglich auf unserem Weg zur Uni passierten. Und über seine Litanei vom kleinen Land, für dessen Sicherheit anderes geopfert werden müsse, gerieten wir oft in heftigen Streit.

Warum enthüllte er uns das Folgende, als wir wieder um den Tisch mit der abgeschabten Wachstuchdecke saßen? Maria, die zur Kur war, fehlte.

Da hockte uns nun der kleine, schmächtige Mitfünfziger mit buschig-hohem Kraushaar und dunklem Schnauzbart in seinem großen, mit alten Möbeln voll gestellten Zimmer gegenüber und plauderte mit einer Fröhlichkeit eine Geschichte aus, die uns Tag und Stunde und Sekt vergessen ließ.
Den Anstoß gab Helga, als sie Reinhard anregte, mit seinem Bruder in München zu telefonieren.
„Der hat mir viel zu verdanken. Hinter ihm war die Staatssicherheit her, als er nach seiner Flucht mit Frau und Kind aus Dresden drüben öffentlich die ostdeutschen Zustände anprangerte. Mehrmals lud mich ein Offizier vor und wollte von mir die Staatsfeindlichkeit des Verräters bestätigt haben. Ich beteuerte, dass mein Bruder nur Kritik üben wollte."
Helga war es, die, meine innere Lähmung bemerkend, im fast leisen, freundlichen Gesprächston Fragen stellte.
„Wo fanden diese Gespräche statt?"
„In einer konspirativen Wohnung."
„Da ging es doch sicher nicht nur um deinen Bruder. Was wollte der noch wissen?"
„Etwas über die Befindlichkeiten der Studenten und Kollegen. Da redete ich mich heraus, dass ich meine Informatikstudenten nur im Seminar sehe und aus Zeitgründen keine Pausengespräche führe."
„Und die Befindlichkeiten der Mitarbeiter?"
„Auch das war relativ leicht zu umgehen. Ich arbeitete ja quasi allein in einem Raum. Nachdem Alfred wegen des Wohnungsproblems zurück in den Süden ging, war die Stelle nicht neu besetzt worden. Die Kollegen sah ich nur in Sitzungen."

„Und die Lehrkräfte, die nacheinander an den freien Schreibtisch gesetzt wurden, weil sie Ausreiseanträge gestellt hatten?"
„Ach die! Für sie war ich ein besserer Seelentröster."
„Hast du Geld dafür bekommen?"
„Ich war doch nicht dumm." Ein breites Grinsen legte die Zahnklammer hinter den oberen Eckzähnen frei. „Das Geld hätte ich quittieren müssen, und meine Unterschrift wäre der Beweis. Sachgeschenke habe ich angenommen. Da gibt's heute noch so schöne Kristallpokale. Aber nicht hier in der Wohnung. So wäre Maria darauf gekommen, weil es die in unseren Läden nicht zu kaufen gab. Sie stehen im Forschungszentrum, und bei Feten saufen die Kollegen heute noch daraus."
Ja, „saufen" sagte der sonst so Bildungsbeflissene mit Triumph in der ständig etwas heiser belegten Stimme.
„Maria weiß nichts davon?"
„Das kann ich ihr nicht gestehen, da bräche für sie die Welt zusammen."
Schweigen aus Betroffenheit! Da konnte Helga nicht mehr.
Ich starrte an die Decke und rekapitulierte die Zeit unserer Bekanntschaft mit diesem Spitzel. Fragende Blicke irrten für Momente von dem kostbaren Biedermeiersekretär in der unbeleuchteten Ecke über die auf Schränken und Tischen gestapelten Papierbögen in die Dunkelheit der beiden hohen Fenster des heruntergekommenen Hauses einer erschreckend verfallenen Straße.
„Über euch habe natürlich nichts erzählt. Das müsst ihr mir glauben! Überhaupt habe ich niemanden Schaden zugefügt."

Hatte er darum meine Freundschaft gesucht, in Abständen von einem halben Jahr uns in der Familie besucht, wenn er Studientage in der Messestadt verbrachte?

„Der Gipfel war ja, dass man mir Reisepass und Visum für eine Westreise besorgte, verbunden mit einem Auftrag. Mit den Papieren in der Hand stand ich schon draußen, war dann aber zurückgegangen, um sie zurückzugeben. Das ging mir dann doch zu weit."

„Du bist doch mehrere Male gefahren", konterte Helga.

„Die Genehmigungen bekam ich nach mehreren Eingaben an Ministerien."

„Da hattest du uns mal abschlägige Bescheide zu lesen gegeben."

„Unser Chef setzte ein wirkungsvolles Schreiben auf."
Ach ja, der Chef, dieser Dr. B.! Er fuhr sogar nach der Biermann-Affäre zum Vater nach Bochum. Auch er? Die Techniker dachten das laut.

Fröstelnd erhoben wir uns wie auf ein Zeichen. Und ich bedeutete Reinhard, dass wir jetzt fahren wollten. Die Nacht sei so gut wie vorbei. Die leeren Straßen versprächen eine schnelle Heimfahrt. Der Einwand mit den bezogenen Betten kam schwach. Der Abschied war kurz.

„Er hat geredet. Die Nacht war trotzdem schön." Entspannt und durchwärmt lehnte sich Helga im Sitz zurück. Über die ganze Wahrheit wird noch zu sprechen sein.

Sicher steuerte ich den Wagen in zügigem Tempo durch dichten Morgennebel.